Paloma Jorge Amado

A comida baiana *de* Jorge Amado

ou O Livro de Cozinha de Pedro Archanjo
com as Merendas de Dona Flor

Panelinha

Copyright © 1994, 2014 by Paloma Jorge Amado

A Editora Panelinha é uma divisão da Editora Schwarcz S.A.

Grafia atualizada segundo o Acordo Ortográfico da Língua Portuguesa de 1990, que entrou em vigor no Brasil em 2009.

PUBLISHER Rita Lobo

CAPA E PROJETO GRÁFICO Joana Figueiredo
FOTO DA CAPA Livia Miglioli
FOTOS Editora Panelinha
TRATAMENTO DE IMAGENS Álvaro Zeni

PREPARAÇÃO Andressa Bezerra Corrêa
ÍNDICE Probo Poletti
REVISÃO Angela das Neves
　　　　Marcia Moura
　　　　Renata Callari

Dados Internacionais de Catalogação na Publicação (CIP)
(Câmara Brasileira do Livro, SP, Brasil)

Amado, Paloma Jorge
　　A comida baiana de Jorge Amado ou O Livro de Cozinha de Pedro Archanjo com as Merendas de Dona Flor / Paloma Jorge Amado. — 1ª ed. — São Paulo: Editora Panelinha, 2014.

　　ISBN 978-85-67431-03-1

　　1. Amado, Jorge, 1912-2001 2. Culinária (Receitas) 3. Culinária - História 4. Culinária brasileira - Bahia I. Título. II. Título: O livro de cozinha de Pedro Archanjo, com as merendas de dona Flor.

14-08443　　　　　　　　　　　　　　　　　CDD-641.598142

Índice para catálogo sistemático:
1. Culinária baiana : Economia doméstica
641.598142

[2014]
Todos os direitos desta edição reservados à
EDITORA SCHWARCZ S.A.
Rua Bandeira Paulista, 702, cj. 32
04532-002 – São Paulo – SP
Telefone: (11) 3707-3500
Fax: (11) 3707-3501
www.panelinha.com.br
editor@panelinha.com.br

Este livro foi feito com amor para Pedro Archanjo,
Tieta,
Vasco Moscoso,
Fadul Abdala,
Oxóssi — meu pai;

e para sua mulher Gabriela,
dona Flor,
Mariana,
Tereza Batista,
Oxum — minha mãe.

Com amor o dedico também a Mariana e Cecília,
a meus padrinhos Nazareth Costa e Carybé,
e a meus avôs Ernesto Gattai e João Amado de Faria.

Sumário

Apresentação
Alho ímpar, coco fresco e uma xícara de coentro – Rita Lobo ... 11
O verdadeiro ... 15
Ervas na medida ... 18
Cebola picada profissionalmente ... 19

Introdução
De como um romancista baiano, romântico e sensual
deu de comer a seus personagens ... 25

O LIVRO DE COZINHA DE PEDRO ARCHANJO ... 36

Dos tira-gostos ... 37
Acarajé ... 41
Abará ... 43
Molho de camarão seco ... 45
Beiju de tapioca com queijo ralado ... 46
Bolinho de bacalhau ... 47
Bolinho de carne ... 50
Lambreta ... 53
Molho lambão ... 54
Casquinho de siri ou de caranguejo ... 58
Pitu (ou camarão-rosa) frito ... 60
Quibe cru ... 65
Quibe frito ... 66
Esfiha fechada de carne ... 69

Dos grandes pratos da comida de azeite ... 73
Vatapá ... 76
Caruru ... 80
Efó ... 83
Quitandê ... 84
Acaçá ... 87
Farofa de dendê ... 88
Molho de pimenta para comida de azeite ... 90
Conserva de pimenta com gim ... 90
Molho de pimenta com coco ... 91

Das frigideiras ... 93
Frigideira de bacalhau ... 94
Frigideira de camarão ... 97

Das moquecas ... 101
Moqueca de camarão ... 104
Moqueca de peixe ... 106

Da rampa do mercado — 111
- Cozido — 114
- Feijoada — 120
- Farofa de manteiga — 122
- Molho de pimenta para a feijoada — 123
- Sarapatel — 125
- Maniçoba — 127
- Mocotó — 129

Das aves — 131
- Canja de galinha — 133
- Galinha de parida — 136
- Galinha de molho pardo — 139
- Frito de capote — 141
- Peru assado — 142
- Xinxim de galinha — 145

Do mar e do rio — 149
- Escaldado de peixe — 152
- Escaldado de caranguejo — 155
- Peixe ao leite de coco — 158
- Peixe frito no dendê — 160
- Pitu (ou camarão-rosa) com ovos escalfados — 162

Dos assados de carne — 165
- Pernil assado — 168
- Mal-assada — 171
- Lombo (de lagarto) assado cheio — 174

Das carnes-secas — 177
- Arroz de hauçá — 179
- Carne-seca desfiada com cebola — 184
- Carne-seca assada — 186
- Banana-da-terra assada para acompanhar a carne-seca — 186

Dos doces — 189
- Ambrosia — 193
- Ambrosia de leite em pó — 194
- Baba de moça — 198
- Cocada branca — 199
- Cocada-puxa — 201
- Quindim — 204
- Doce de araçá — 205
- Creme do homem — 207
- Doce de banana de rodinha — 208
- Doce de carambola — 210
- Doce de caju — 211
- Doce de jaca — 213

Doce de laranja-da-terra	214
Doce de mamão verde	215
Jenipapada	217
Passa de caju	219
Passa de jenipapo	219

AS MERENDAS DE DONA FLOR — 220

De beiju e cuscuz — 223
Cuscuz de milho	227
Beiju de tapioca	228
Beiju molhado	229
Cuscuz de tapioca	231

Dos bolos — 233
Bolo de tapioca	235
Bolo de aipim	239
Bolo de milho	241
Manuê de milho verde	244
Bolo Pernambuco	247
Pão de ló	249

Dos mingaus — 251
Mingau de milho	253
Canjica	255
Xerém	257
Pamonha	261
Mingau de tapioca	263
Munguzá	265

De legumes e frutas — 269
Batata-doce cozida	271
Aipim cozido	271
Banana frita	274
Banana cozida	275
Fruta-pão cozida	277
Milho cozido	278

Dos biscoitinhos e de outras coisas — 281
Arroz-doce	283
Bolinho de estudante	287
Sequilhos	288
Bolachinha de goma	290
Fatia de parida	293

Índice de pratos e ingredientes	301
Índice de livros e personagens	309

Apresentação

Alho *ímpar,* coco fresco *e* uma xícara *de* coentro

Paloma Jorge Amado fez um tratado da cozinha baiana com base na obra de seu pai. Ela extraiu dos livros de Jorge Amado tudo o que seus gulosos personagens disseram ou pensaram sobre comida, da clássica moqueca ao exótico caruru, incluindo quibe e esfiha — que graças a Nacib, de *Gabriela, cravo e canela*, tornaram-se pratos típicos da culinária de Ilhéus. Depois de juntar todas as citações, a autora foi em busca das receitas, onde quer que elas estivessem: nos cadernos dos amigos, na memória das cozinheiras da casa do Rio Vermelho ou mesmo com a Dadá, querida Dadá, uma das mais celebradas cozinheiras da Bahia. Como se estivesse conversando com o leitor ao redor da mesa, Paloma também conta a história dos pratos, curiosidades sobre as preparações e o jeito soteropolitano de comer e cozinhar — que livro delicioso de ler! Vinte anos depois do lançamento da primeira edição de *A comida baiana de Jorge Amado*, Paloma decidiu que estava na hora de rever a obra. E foi aí que nos conhecemos e começamos a trabalhar juntas nesta reedição.

Você vai notar que este não é um livro simples, pois apresenta muitas camadas: as citações, as receitas, os textos, as fotos… E quisemos explorar ao máximo essa riqueza.

Nesta nova edição, classificamos as preparações em duas categorias, uma mais histórica e outra com as receitas mais práticas. Os pratos com ingredientes de difícil acesso, para quem não está na Bahia, foram mantidos em sua versão original — e ganharam um projeto gráfico lindo, lembrando um caderno de receitas antigo.

Já os que levam ingredientes disponíveis nas grandes cidades, de Norte a Sul, passaram pelo método Panelinha. As receitas foram padronizadas com medidas caseiras (aqueles jogos de xícaras e colheres) e ganharam dicas práticas, além de uma nova linguagem. Assim, até quem nunca fritou um ovo vai conseguir fazer a divina frigideira de bacalhau.

Padronização feita, percebemos que algumas etapas eram comuns a muitas receitas. Sem alho, cebola, coentro e leite de coco, Paloma quase não cozinha. Na Bahia, não se faz um prato sem esses ingredientes. Por isso, decidimos destacar umas instruções básicas no começo do livro, em vez de repeti-las a cada receita. A seguir, você verá o passo a passo fotográfico para picar a cebola; também vai entender o método que escolhemos para medir as ervas — não queremos ter que ficar aqui torcendo para que o maço de coentro da feira ao lado da sua casa seja do mesmo tamanho do vendido em Salvador.

Aí vem o leite de coco, que é um caso à parte. Mas não adianta tentar convencer ninguém de que a praticidade da garrafinha não vale a pena. Você tem que experimentar! Isto é, se o leitor for baiano, por favor, releve a minha ingenuidade de ter achado que o leite de coco fresco pudesse ser substituído pelo industrializado. Por outro lado, Paloma conta que dona Canô (sim, a mãe de Caetano) sabia dizer quando a receita permitia o uso do de garrafa sem que o sabor fosse alterado. Pode até ser, Paloma, mas agora vai ser difícil voltar a usar leite de coco que não seja o fresco. E é fácil de fazer! Não precisa quebrar a cabeça nem o coco, basta comprar na feira um saquinho dele já ralado. As outras etapas do preparo você lê a seguir.

Ah, e tem a questão do segredo baiano sobre o alho. Ele tem que ser usado sempre em quantidade ímpar: "Se a receita pede dois dentes, use um grande e dois pequenos", revela Paloma. E o que pode acontecer se forem apenas dois para a panela? Bem, ela jura que não tempera. Na dúvida, melhor acreditar, porque Paloma Jorge, com sua cozinha baiana, revolucionou para todo o sempre nosso jeito de cozinhar — o meu e o da equipe que trabalha no Panelinha. (Um detalhe: Paloma Jorge é nome duplo; e Amado, sobrenome.)

Rita Lobo

O verdadeiro

O leite de coco é muito utilizado na culinária baiana. Mas uma coisa é o de garrafa, outra é o caseiro — feito com coco e só. Existem até texturas diferentes: o grosso, feito de coco fresco ralado batido incansavelmente com água no liquidificador; e o fino, que é a segunda espremida do bagaço, agora batido com água morna. É como se um fosse extravirgem e o outro, um óleo de oliva. Quem nunca provou vai descobrir que, na verdade, não conhecia leite de coco.

Antes de preparar o leite, é preciso abrir o coco. Os mais tradicionalistas vão dizer que a maneira correta é dando várias batidas em torno dele, com um martelo de carne, até que ele rache. Há, porém, um modo menos bruto:

1. Fure com um saca-rolhas grande um dos três furos na extremidade do coco — procure o falso, que é bem mais macio que os outros dois.
2. Escorra a água para um copo.
3. Leve o coco à grade do forno preaquecido a 200 °C (temperatura média) e deixe tostando por 15 minutos.
4. Vire e deixe ali, mais uns 10 minutos, até ele rachar — um espocar é o sinal de sucesso.
5. Numa bancada, arranque a casca do fruto com o coco ainda morno, usando uma chave de fenda. Geralmente ela sai em pedaços grandes. Se não soltar fácil, uma possibilidade é esquentar a casca no fogo.
6. Despreze a casca e retire a pele grossa que envolve o coco, usando um descascador de legumes ou uma faquinha bem afiada.

Uma curiosidade baiana: rale o coco a partir de sua parte convexa — isso se chama "ralar o coco de costas", e é importante caso você queira usar o bagaço em algum preparo depois de obter o leite grosso, pois dessa maneira o coco ralado fica delicado e fino.

Agora, sim, podemos fazer o leite. Note que, se quiser pular toda essa etapa, é só comprar coco fresco já ralado, encontrado em feiras ou mercados. Também serve.

Tomem do ralo e de dois cocos escolhidos — e ralem. Ralem com vontade, vamos, ralem; nunca fez mal a ninguém um pouco de exercício (dizem que o exercício evita os pensamentos maus: não creio). Juntem a branca massa bem ralada e a aqueçam antes de espremê-la: assim sairá mais fácil o leite grosso, o puro leite de coco sem mistura. À parte o deixem.

Tirado esse primeiro leite, o grosso, não joguem a massa fora, não sejam esperdiçadas, que os tempos não estão de desperdício. Peguem a mesma massa e a escaldem na fervura de um litro d'água. Depois a espremam para obter o leite ralo. O que sobrar da massa joguem fora, pois agora é só bagaço.

DONA FLOR E SEUS DOIS MARIDOS

LEITE DE COCO GROSSO
UM COCO GRANDE RENDE 1 XÍCARA (CHÁ) DE LEITE GROSSO

2 xícaras (chá) de coco fresco ralado
1 xícara (chá) de água

1. No liquidificador, junte o coco e a água e bata por 4 minutos, até formar uma pasta homogênea. Desligue o liquidificador a cada minuto para misturar com uma espátula e ligue novamente.
2. Cubra uma tigela grande com um pano de prato limpo e coloque a pasta de coco sobre ele, no centro. Junte as pontas do pano para formar uma trouxinha, torça e esprema bem, até extrair todo o leite.

LEITE DE COCO RALO

Com o bagaço que restou após extrair o leite de coco grosso, bata 1 xícara (chá) de água morna e esprema novamente, no mesmo pano. A quantidade de leite ralo vai depender da quantidade de água: quanto mais água, mais ralo será o leite.

Ervas na medida

Outro ponto que achamos melhor explicar logo no início, para não ter que repetir em todas as receitas, é o critério usado para medir as folhas de ervas, sejam elas de coentro ou salsinha. Ou melhor, antes mesmo de medir, vamos higienizar as ervas:

1. Descarte o excesso do talo, lave sob água corrente e deixe as ervas de molho em água com 1 colher (sopa) de vinagre. Cerca de 10 minutos são suficientes para higienizar.
2. Em vez de escorrer a água, retire o maço (assim as sujeirinhas ficam no fundo da tigela).
3. Para medir, corte os talos, separando-os das folhas — se quiser, congele os talos para preparar caldos e sopas. Coloque somente as folhas na xícara medidora, pressionando com a ponta dos dedos para nivelar com a borda. Pronto, temos 1 xícara (chá)!

Assim, não precisamos nos preocupar com a diferença de tamanho dos maços de ervas vendidos em lugares diferentes.

CEBOLA PICADA PROFISSIONALMENTE

Sem descascar a cebola, corte-a ao meio, passando a faca pela raiz (onde ficam os cabelinhos).

Apoie uma das metades na tábua e corte a pontinha da extremidade oposta à raiz.

Descasque, mantendo a casca presa — ela vai servir de apoio para os dedos.

Faça três cortes com a faca no sentido longitudinal, sem chegar até o fim da cebola.

Faça cerca de cinco cortes (depende do tamanho da cebola), no sentido do comprimento.

Agora é segurar a cebola pela casca e fatiá-la, formando os cubinhos.

Cotinha fez doce de jaca — e ninguém dava nada por Cotinha!
Tocaia Grande

Introdução

Em 1987 resolvi estudar a obra de meu pai, o escritor Jorge Amado, para fazer um livro de cozinha. Fiz a leitura de seus romances em ordem cronológica para sentir a evolução da presença e da importância da comida e da bebida nos seus livros. Dei-me conta de que o material é muito mais rico do que imaginava e que valeria a pena identificar não somente os pratos da culinária baiana, mas tudo o que se come e bebe, seja vatapá, acarajé, jaca, cachaça, champanhe — seja terra, rato e gente.

Fiz um levantamento sistemático e completo: todas as referências a comida ou bebida foram classificadas, tabuladas, colecionadas com a identificação do trecho da obra, observações sobre o contexto e tudo o mais. Tive dificuldades para definir o que fazer com o material organizado e analisado. O volume de dados muito grande e diversificado renderia um aprofundamento, uma pesquisa mais rigorosa sobre a questão da alimentação de um ponto de vista antropológico ou sociológico, ou mesmo a interferência da comida nas relações entre as pessoas e no comportamento, através de um enfoque psicológico — ideia atraente, a psicologia sendo minha área de formação. Não caí na tentação. Optei pelo livro de cozinha. Como a quantidade de material propunha um volume grande, decidi dividi-lo por temas e fazer vários livros.

Este é o primeiro, originalmente publicado em 1994 pela Maltese e agora reeditado, com receitas testadas e fotografadas pelo método Panelinha. Aqui estão os pratos para um almoço ou jantar baiano, entendendo-se aí "baiano" não somente como a comida feita com azeite de dendê, mas a que se come nas casas baianas como era na de meus pais. Ele trata também da merenda, refeição importante, que substitui o jantar do dia a dia, com seus bolos, mingaus, cuscuz e doces.

O segundo é *As frutas de Jorge Amado: Ou o livro de delícias de Fadul Abdala* (1997, Companhia das Letras), que lista a variedade de frutas citadas nos livros do autor e a importância que elas têm na alimentação. Está planejado mais um: das comidas de candomblé, em que não se fala em caruru, mas em amalá, seu correspondente como comida de santo.

No final do projeto, todo o material da pesquisa — devidamente organizado, tabulado, com gráficos etc. — poderá ser consultado na Fundação Casa de Jorge Amado, no Largo do Pelourinho, em Salvador.

Senti imenso prazer fazendo este trabalho e não tenho palavras para agradecer às pessoas que me ajudaram a estabelecer todas as receitas: dona Maria (Maria Eulina), a mestra que preparava os jantares oferecidos em nossa casa no Rio Vermelho; Aíla, a mestra que preparava os almoços oferecidos por Auta Rosa e Calasans Neto; Nancy e Carybé, meus dindos, craques nos molhos de pimenta, ele fã incondicional de pirões e farofas; Nazareth Costa, minha dinda, que sabe como ninguém fazer a comida do sertão; Maria Duarte Sepúlveda, que sabe fazer o quitandê e não guarda segredo; Maria Sampaio, minha amiga querida, que me deixou ler os cadernos de cozinha de sua mãe Norma e intermediou meu pedido de receitas a Dirlene Cerqueira e a Clara Velloso, a quem agradeço também; Sônia Chaves, cozinheira de mão-cheia; Rufino, fornecedor de teiús; Aurélio Sodré, meu compadre, meu informante nos assuntos de candomblé; Liete Tajra, autora da receita de frito de capote, amiga do Piauí; e minha mãe, a melhor das cozinheiras, que me deu as primeiras aulas de culinária.

Para estabelecer as receitas das merendas de dona Flor, contei com a colaboração de algumas donas-flores. Dona Canô Veloso, a querida dona Canô, mãe de Clara, Bethânia, Caetano, Rodrigo, Roberto, Mabel, Irene e Nicinha, família grande, que sempre comeu gostoso. Dona Canô sabia todas as receitas, sabia mais que isso: ela podia nos dizer, sem medo de errar, quando uma receita exigia um coco ralado de costas e quando se podia usar leite de coco em garrafa, sem que o sabor ficasse comprometido. Dadá (Aldaci dos Santos), que faz o melhor bolinho de estudante do mundo e ficou famosa à frente do restaurante Temperos da Dadá. Eunice (Maria Eunice Ferreira), que trabalhou conosco por décadas e é a autora do bolo mais apreciado na casa de meus pais no Rio Vermelho; e Detinha (Maria Valdete Ferreira), irmã de Eunice que também trabalhou conosco, cozinhando, e que além de grande doceira é especialista em sequilhos. Tia Ressu, tia de meu ex-marido Pedro Costa, que com muita paciência passava horas na cozinha fazendo beijus para o nosso café da manhã. A todas elas meu agradecimento e meu carinho.

Os agradecimentos não param por aí, pois para a preparação dos pratos que ilustram este livro contamos novamente com a amabilidade e o talento de dona Conceição (Conceição Augusta Galvão Reis); de Dadá, de Kátya Tawil, de Nazareth Costa (ajudada por Anninha, Antonia, Carmelita, Nancy e Irene), de dona Maria, de Aíla, de Eunice e de Aurélio. A todos agradeço mais uma vez.

Finalmente, quero citar alguns livros precursores: *Costumes africanos no Brasil*, de Manuel Querino, o primeiro, que dá origem aos demais estudos; *A cozinha bahiana: Seu folclore, suas receitas*, de Hildegardes Vianna; *A cozinha baiana*, de Darwin Brandão; e *O negro no Brasil*, de vários autores.

É notório, pois, que a Bahia encerra a superioridade, a excelência, a primazia na arte culinária do país, pois o elemento africano, com sua condimentação requintada de exóticos adubos, alterou profundamente as iguarias portuguesas, resultando daí um produto todo nacional, saboroso, agradável ao paladar mais exigente, o que excele a justificativa fama que precede a cozinha baiana.

Manuel Querino, Costumes africanos no Brasil

De como um romancista baiano, romântico *e* sensual deu *de comer* a seus personagens

Tudo começou em 1930 quando a baiana vendia, numa esquina da cidade da Bahia, seus acarajés e seus mingaus. Com dezoito anos, em *O país do Carnaval*, Jorge Amado, mesmo timidamente, alimentava seus personagens. No início não eram os grandes almoços baianos, o lugar da comida foi bem mais modesto.

Na composição do cenário de seu segundo romance, *Cacau*, a carne-seca, o feijão, a farinha, a fruta colhida no pé, a cachaça e a festa de São João se impuseram e começaram a abrir espaço para aquilo que é ao mesmo tempo necessidade, alegria, sonho, festa, urgência, amor, vida: o de-comer.

Na história contada em *Suor*, são enormes a fome e a miséria na Bahia. O acarajé que Cabaça compra não é para seu prazer, mas para o de um rato, um dos muitos que dividem com ele e outros habitantes um sobrado velho no Pelourinho. Quando a fome é demais, fala-se em comer as coisas mais estranhas. Será verdade que se come ninho de passarinho na Alemanha? Mas se índio come até gente... "Gente não é ninho de passarinho..." "Qual é o melhor?" "Coma os dois pra ver."

Em *Jubiabá* aparece pela primeira vez a comida ritual, a cozinha baiana mais africana, aquela feita para homenagear o santo, para cumprir obrigação de candomblé. Os pratos de dendê começam a colorir de ouro escuro as páginas dos livros.

Mar morto, *Capitães da Areia*... A moqueca, peixada inigualável: no saveiro de mestre Manuel, Maria Clara canta cantigas de mar — Maria Clara e mestre Manuel, os personagens mais constantes da obra de Jorge Amado, estão presentes em muitos romances, desde *Jubiabá*, são eles que transportam a imagem de santa Bárbara em *O sumiço da santa*. Ela canta no casamento de Guma e Lívia, quando o velho Francisco, ajudado por Rufino, prepara uma feijoada para festejar os noivos.

Também é uma feijoada que os Capitães da Areia vão comer juntos no mercado, num raro momento: "Hoje nós vai fazer gasto". O feijão que alegra os meninos serve para a polícia torturar Pedro Bala na prisão: é salgado em demasia, causando a imensa sede e a água racionada a quase zero. O feijão tão bom e tão ruim, e a fome é tanta. As crianças têm muita fome, os Capitães da Areia comem pão duro, bolachão mofado, ameixa verde, sonhando com um sarapatel cheiroso e apimentado.

Aprende-se, lendo Jorge Amado, que comida não é feita somente para alimentar: dá prazer ao ser vista, saboreada, cheirada e, sobretudo, é possível sonhar com ela — pois não se sonha só imagem, sonha-se também cheiro, gosto e fartura.

Com a volta do tema do cacau, em *Terras do sem-fim* e *São Jorge dos Ilhéus*, aparecem os grandes almoços das casas dos coronéis; voltam a carne-seca com farinha do trabalhador e as festas de São João, onde todos participam, com seus pratos de milho — bolos, manuês, pamonhas, munguzás, canjicas, xeréns, mingaus —, além das batatas-doces assadas, dos bolos de aipim e puba, e dos licores, principalmente o de jenipapo. Comer bem "é o que se leva do mundo, capitão. A gente vive numas brenhas danadas, derrubando mata pra plantar cacau, labutando com cada jagunço desgraçado, escapando de mordida de cobra e de tiro de tocaia, se a gente não comer bem, o que é que vai fazer?", explica o coronel Maneca Dantas ao capitão João Magalhães, em *Terras do sem-fim*.

Seara vermelha é o livro da fome. Na travessia do sertão — a seca cruel — come-se cobra, gato e papagaio. Mais uma vez se sonha. E o sonho parece tornar-se realidade no barco fluvial, quando, vencida a etapa mais dura da viagem, os sobreviventes embarcam em Juazeiro para Pirapora: a peixada das refeições é farta, gorda e deliciosa, caldo e farinha à vontade para fazer o melhor pirão. O corpo fraco não está preparado para a violência do alimento tão forte, mas como evitar o segundo e terceiro pratos? Muitos morreram de fome, muitos morrem agora do excesso de comida.

Na trilogia que compõe *Os subterrâneos da liberdade*, política e maniqueísta, a comida também tem sua importância, ajudando a marcar os bons e os maus. O aspecto desagradável do poeta Shopel é enfatizado por sua forma porca de comer; os ricos bebem uísque e champanhe, comem caviar de maneira fria e vulgar; no meio operário, no calor da amizade, festeja-se o aniversário de Mariana com bolo modesto — mas saboroso — e vinho de abacaxi feito pelo velho Orestes Ristori.

No segundo romance da trilogia, *Agonia da noite*, que se passa em São Paulo, encontra-se, de repente, uma referência a vatapá num diálogo entre Mariana e um dirigente do Partido Comunista. Ele se espanta com o fato de a camarada nunca ter provado a especialidade baiana: "Você não sabe o que é bom...". Nesse momento o autor vivia seu terceiro ano de exílio, estava na antiga República Tchecoslovaca, muito longe do camarão seco, do azeite de dendê, da possibilidade de saborear um vatapá.

Gabriela é a primeira grande cozinheira a ser cantada em prosa e verso — versos do professor Josué —, na obra de Jorge Amado. Em *Gabriela, cravo e canela*, o comer e o beber ganham nova dimensão, as referências aos pratos são mais detalhadas, cheiros, cores, texturas são de tal forma descritos que dificilmente o leitor consegue passar por determinados trechos sem encher a boca d'água. O amor à mulher e à sua comida, o amor ao seu homem e o prazer de para ele cozinhar, sentimentos tão entranhadamente misturados, qual o mais profundo? É natural que as saudades de Nacib, após a separação, se expressem primeiro na forma de saudades da cozinheira, e que todo o desejo de Gabriela seja o de cozinhar de novo para Nacib.

A história de *Quincas Berro Dágua* tem uma peixada para pontuar sua ação. Aliás, duas, precisamente: uma peixada e uma moqueca de arraia. Quando Joaquim Soares da Cunha morre, é em torno de uma peixada que sua filha Vanda, seu genro Leonardo e a tia Marocas se reúnem para decidir as providências a tomar. O momento é tenso, o que não impede de saborear o peixe: "Tia Marocas, gordíssima, adorando a peixada do restaurante...".

No meio do velório, Curió lembra-se de que mestre Manuel os espera para uma moqueca de arraia em seu saveiro. Se não forem, o mestre ficará ofendido; além do mais, Quincas está "doidinho pela moqueca", como repara Pastinha. Nessa festa de moqueca, mar e tempestade, nos braços de Quitéria, Quincas Berro Dágua passa sua última noite.

Em *Os velhos marinheiros ou o capitão-de-longo-curso*, aparece a primeira receita. Vasco Moscoso de Aragão ensina os vizinhos de Periperi a apreciar o grogue e conta como se faz esta bebida de marinheiro:

> *O comandante preparava um grogue saboroso, receita aprendida de um velho lobo do mar, nas bandas de Hong Kong. Levava meia hora a aprontá-lo com a ajuda da mulata Balbina. Era todo um ritual. Esquentavam água numa chaleira, queimavam açúcar numa pequena frigideira. Descascavam uma laranja, picavam a casca em pedacinhos. Tomava então o comandante de uns copos azuis e grossos (pesados para não tombarem com o jogo do navio), depositava em cada um deles um pouco de açúcar queimado, um trago de água, outro de conhaque português, enfeitava com a casca de laranja.*

O cacaueiro precisa de sombra para se desenvolver e a jaqueira é uma das árvores que se encarrega disso; sua fruta enorme, tão gostosa e nutritiva, é abundante na zona do cacau. Nos livros ambientados nessa região a jaca é presença constante, mas em nenhum deles sua importância se aproxima da que tem em *Os pastores da noite*. É em torno de uma jaca que cabo Martim e Curió se sentam para conversar. Curió está inquieto, sua paixão por Marialva, mulher de Martim, o fará romper com seu irmão de santo, pensa que não há jeito a dar. Mas a doçura da jaca, o mel escorrendo pelos dedos, a alegria de dividir a fruta com o amigo são capazes de apaziguar os ânimos, colocando em evidência os valores profundos da amizade, afastando mesquinharias, dando jeito...

Olhado do ponto de vista da comida e da bebida, *Dona Flor e seus dois maridos* é também um livro de cozinha baiana. Além de dar receitas, todas corretas e factíveis, mostra o jeito de comer da Bahia, explica os carurus de Cosme e Damião, ensina o que servir num velório e como fazer uma grande merenda à tarde, como naquele sábado em que coube a dona Flor receber Os Filhos de Orfeu para o ensaio semanal. Nessa obra, encontra-se uma relação das comidas de candomblé com os pratos preferidos de cada santo e as quizilas — o que os santos e seus filhos não podem comer e, às vezes, cujo nome nem podem pronunciar.

Tenda dos Milagres me inspirou esta obra. Pedro Archanjo chama seu livro de cozinha de "manual de culinária baiana". Na realidade, mais do que isso, a edição feita por Bonfanti traz todo um estudo antropológico sobre o comer baiano, o que foi motivo para desentendimentos entre autor e editor: o italiano sustentava que "manual de cozinha se destina a donas de casa e não deve conter literatura ou ciência".

Pedro Archanjo é um obá de Xangô, Ojuobá cheio de conhecimento e sabedoria. Conhece o povo mestiço da Bahia como a palma de sua mão, seus hábitos, sua cultura. Por meio de Archanjo, pode-se ter a noção exata da delicadeza e da força, da simplicidade e da sofisticação dessa culinária que também é fruto da miscigenação, que junta o dendê africano à mandioca do índio e ao azeite de oliva português.

O capitão Justiniano, quando compra Tereza Batista de sua tia, leva para a menina um saquinho de açúcar-cande. O doce não alivia o susto e o medo. No quarto trancado, prisão em que é mantida até ceder à força, recebe duas vezes por dia, das mãos da velha Guga, um prato de feijão com farinha e carne-seca. Seu passadio melhora um pouco ao deixar o quarto: Chico Meia-Sola, que aprendeu a cozinhar na cadeia, acrescenta abóbora, inhame, aipim e linguiça ao feijão com carne-seca. Ao passar a viver com o dr. Emiliano, Tereza aprende a comer, da comida saborosa de Sergipe aos mais refinados pratos, a beber vinhos e conhecer licores, a cozinhar com a velha Eulina e aprende sobre pratos exóticos. Dr. Emiliano promete fazer *escargots* para Tereza.

De Sergipe vai para a Bahia, e a festa preparada para seu casamento com o padeiro Almério é um desses almoços baianos completos, quatro mesas reunindo comidas de azeite, frigideiras, vinte quilos de sarapatel, dois leitões, um cabrito, perus, doces variados: só cocada tinha de cinco variedades. Bom de cozinha baiana — "cozinhar comida de azeite é comigo!" —, Januário Gereba prepara para ela uma moqueca de peixe, e é nos seus braços que se completa a história de Tereza.

Assim como Pedro Archanjo, Tereza Batista é uma filha do povo que se ilustra, que aprende, que evolui. Como Archanjo, é nas suas raízes culturais que ela encontra sua felicidade, seu bem viver. O ato de comer sem talheres é um bom exemplo: em toda a obra de Jorge Amado encontramos personagens comendo com as mãos, pois essa é a maneira de comer no interior, no sertão. Somente em *Tenda dos Milagres* — "mestre Pedro Archanjo comia com as mãos que é a maneira melhor de comer" — e em *Tereza Batista cansada de guerra* — "há quantos anos não come assim, amassando a comida com os dedos, um bolo de peixe, arroz e farinha, ensopando-o no molho?" — é que se fala de comer com as mãos por puro prazer.

Cardápio espantoso é o do almoço oferecido por dona Carmosina e dona Milu a Tieta, na sua chegada a Santana do Agreste. Trata-se de comida sergipana da mais alta qualidade: teiú ensopado, carne de sol com pirão de leite, frigideira de maturi e os melhores doces do mundo: de jenipapo, de carambola, de araçá-mirim e o de banana de rodinha (mais conhecido como doce de puta). O romance se passa em Sergipe, é nele que sua cozinha é apresentada em todo o esplendor: caças, pitus, carnes-secas, cabritos, doces em calda... É irresistível e Tieta não quer mesmo resistir: apesar do medo de engordar, ela come. Todos comem desmesuradamente em *Tieta do Agreste*, e com muito prazer!

Nesse livro, Jorge Amado volta ao assunto do livro de cozinha. Ao dar a receita da frigideira de maturi, o autor é advertido por seu crítico:

Fúlvio d'Alambert, confrade e amigo, por pouco tem um enfarte:
— Receita de comida? Assim, não mais? Ao menos para tapear a coloque
num diálogo vivo e pitoresco entre a moça e a cozinheira, durante o qual
esta última ensina a receita, de quando em quando interrompida pela

paulista com perguntas e exclamações. Afinal, que pretende você nos impingir? Romance ou livro de cozinha?
— *Sei lá!*

Em *Farda, fardão, camisola de dormir*, o conchavo para derrotar o coronel Agnaldo Sampaio Pereira na eleição para a Academia Brasileira de Letras reuniu os acadêmicos, o estado-maior em torno de comida baiana. Depois do rega-bofe copioso, "o comando da resistência jiboiava" — ainda bem que as decisões foram tomadas antes do almoço.

Tocaia Grande conta o nascimento de uma cidade desde seu princípio. A comida mais agreste no acampamento inicial: Fadul Abdala assa a carne-seca na brasa, a gordura pingando na farinha crua, a jaca colhida ali mesmo e aberta com as mãos, mãos enormes do turco. O negro Tição Abduim, Oxóssi, traz a caça, e com a carne mais farta se pensa em salgá-la. A comida traz mudanças de hábitos, propõe tarefas coletivas, trabalho e festa. Todos ajudam, são grandes a alegria e a animação.

Ao almoço dominical segue-se a primeira festa de São João, também organizada por Tição, a pedido de Epifânia: fogueiras para assar milho e batata-doce, uma em frente a cada casa. Cotinha — que assombrara a todos fazendo doce de jaca — ia embora, mas resolve ficar; agora ela faz licor de jenipapo.

A chegada dos sergipanos muda ainda mais os hábitos, com eles vêm a criação — galinhas, patos, conquéns —, a horta, a casa de farinha. Logo vão poder comer beiju de tapioca e um cozido de sustância!

Tição é filho de Xangô e tem suas obrigações. Para dar comida às cabeças — Xangô, Oxóssi e Oxalá —, sai à caça: traz uma paca grande, duas cotias, um teiú e o cágado de Xangô. Ressu, filha de Iansã, que faz a vida na Baixa dos Sapos, é a cozinheira dos orixás. Os santos africanos são reverenciados no meio da zona do cacau, no povoado de Tocaia Grande.

A ação de *O sumiço da santa* se passa num intervalo de 48 horas. Inicia-se com a lavagem da igreja de Nosso Senhor do Bonfim, maior festa da cidade da Bahia, e termina com um imenso caruru — doze grosas de quiabo — oferecido por Jacira do Odô Oiá a Iansã. Entre as duas grandes comilanças, a comidinha do dia a dia, o trivial baiano com bife de caçarola e feijão-fradinho, mal-assada, a merenda farta que substitui o jantar.

Houve tempo ainda para o almoço de sexta-feira, no restaurante Colón, com o qual o tabelião Vieira saudava Oxalá; para uma comida baiana no restaurante de Maria de São Pedro em torno do francês Jacques Chancel; e para lembrar da festa de casamento, além do almoço de lua de mel, de Danilo e Adalgisa.

Em *Os pastores da noite*, Curió conhece uma moça cujo beijo tem gosto de moqueca de camarão; em *O sumiço da santa*, o beijo roubado por Patrícia ao padre Abelardo Galvão tem "sabor de crime e de ambrosia".

Nacib Saad e Fadul Abdala têm a uni-los a origem turca, pois veio da Síria o amor de Gabriela e é libanês o herói de *Tocaia Grande*, ambos turcos no dizer baiano. Brasileiros xenófobos, só fazem concessões à comida árabe — o doce preferido de Fadul é o *araife*, um pastel feito de amêndoa e mel. *A descoberta da América pelos turcos* ou ainda *Os Esponsais de Adma* é o romancinho dos turcos do sul da Bahia. Como Nacib e Fadul, Jamil Bichara, Raduan Murad e Ibrahim Jafet não abrem mão do quibe e da esfiha. Com um jantar árabe, preparado "por Samira com a ajuda de Fárida", o querubim Ibrahim Jafet apresenta Jamil a Adma.

O ouro do dendê, a doçura da jaca, afeto e violência; o ardor da pimenta-de-cheiro, a sensualidade das mulheres, baianas com suas batas de renda branca sobre a pele cor de canela, formosas filhas de Oxum a vender acarajés: é todo um universo de encantamento, cor, cheiro e sabor.

DO PECADO DA GULA

Comentavam os acontecimentos, quase um pequeno escândalo, da noite de aniversário de seu Sampaio. Sendo o comerciante de sapatos avesso a festas e comemorações, restringiu-se dona Norma, a contragosto, a um farto jantar para o qual convidara amigos e vizinhos. Glutão, porém parcimonioso, seu Sampaio discutira (como o fazia todos os anos), propondo à esposa nada preparar em casa, saindo para comer, com ele e o filho, num restaurante: comeriam bem e muito em conta, sem barulho e sem confusão, sem maiores despesas. Como também o fazia todos os anos, desde o casamento, dona Norma reagiu ao prudente e parco alvitre: um jantar americano era o mínimo que podiam oferecer sem desdouro a seu vasto círculo de relações.

Na cama, o dedo grande enfiado na boca, seu Zé Sampaio gastara os últimos argumentos numa exposição a seu ver irrespondível:

— Sou contra por várias razões e todas elas válidas.

— Diga lá suas razões, mas não me venha com a velha história que a venda de sapatos está baixando, porque eu vi as estatísticas...

— Não é nada disso... Ouça, sem me interromper. Primeiro eu não gosto desse negócio de jantar americano, todo mundo em pé. Gosto de comer sentado na mesa. Nesse troço americano que vocês inventaram agora, fica todo mundo cercando a mesa, e eu, que sou encabulado, acabo comendo as sobras; quando vou me servir já comeram toda a frigideira; só tem asa de peru, o peito já se foi. Terceiro: ainda pior sendo aqui em casa. Como dono da casa tenho de me *servir por último e aí não encontro nada, fico na mão. Como pouco e mal... Quarto: no restaurante, não. A gente senta, escolhe os pratos — e, como é dia de aniversário, cada um pode comer dois pratos...* — esses dois pratos eram sua comovente concessão à família e à gula.

Dona Norma mal aguentava ouvir até o fim:

— Zé Sampaio, faça o favor, não seja ridículo. Primeiro: somos convidados para tudo quanto é aniversário...

— Mas eu nunca vou...

— Vai pouco, mas às vezes vai... E quando vai, come por cinco... Segundo: não me venha com essa conversa que em jantar americano você se serve pouco, que é encabulado. No aniversário de seu Bernabó, a que você foi só porque o homem é estrangeiro, você botou em seu prato quase metade do suflê de camarão, sem falar nas empanadas... Uma esganação...

— Ah! — gemeu seu Sampaio —, a comida de dona Nancy é uma beleza...

— A minha também... Não fica a dever nada... Terceiro: aqui em casa você nunca se serviu por último, é o primeiro a se servir, uma má-educação, nunca vi igual. Uma feiura, o dono da casa... Quarto: em jantar meu não falta comida, benza Deus. Quinto: comida de restaurante...

— Basta... — suplicou o comerciante, envolvendo-se todo nos lençóis. — Eu não posso discutir, estou com a pressão alta...

DONA FLOR E SEUS DOIS MARIDOS

(Amigos de Jorge Amado, Mirabeau Sampaio — seu companheiro desde a infância, glutão famoso, hipocondríaco conhecido, sofrendo de "fome doida", uma doença que ataca de madrugada — e sua mulher Norma são personagens de *Dona Flor e seus dois maridos*: seu Zé Sampaio e dona Norma.)

Empunhavam copos de violenta beberagem, outrora famosa, dita "pinguelo de bode", e o pelintra (soube depois chamar-se Arno Melo) comia acarajés — "não há tira-gosto igual". Uma baiana mantinha seu tabuleiro e seu fogão na porta do bar, há mais de vinte anos...

Tenda dos Milagres

Dos tira-gostos

O tira-gosto é aquela comidinha saboreada com calma, dando tempo à boca e ao coração para sentir todo o prazer. Em outros tempos, aconselharia uma ida à Lagoa do Abaeté, mais além de Itapuã, pertinho da casa em que morava Calasans Neto. Lá, vendo a beleza que é a lagoa, estava Olga, por trás de seu tabuleiro, fritando acarajés. Se não quisesse acarajé tinha abará. Ou então os dois: Olga fazia abarás como ninguém, desmanchavam na boca. Tão bons que quando Grace e Vitor Gradim, Auta Rosa e Calasans Neto ou os próprios Zélia e Jorge Amado davam um almoço mais caprichado, chamavam Olga para trazer seus abarás e fritar acarajés na hora: os convidados se regalavam. Outro bom programa seria ir ao Mercado Modelo saborear uma lambreta — tomar o caldo e uma cachacinha também, é claro. Mas se por infelicidade você estiver longe da Bahia, não se aperte não: faça o seu acarajé, um bolinho de carne, adapte a receita de lambreta com os mariscos locais — não é tão difícil assim — e convide os amigos para provar, conversar e dar risada.

Durante dias permaneceu vago o ponto da Misericórdia onde os fregueses do abará, acarajé, cocada e pé de moleque encontraram, anos a fio, a negra Doroteia com o colar de Iansã e uma conta vermelha e branca, de Xangô.

TENDA DOS MILAGRES

Nós também resolvemos festejar o são-joão. O baile seria em casa de d. Júlia. Oferecemos a cachaça, garrafas e mais garrafas, e derrubou-se o milharal que Magnólia plantara nos fundos da casa. Uma festa, sim. Com canjica, pamonha, munguzá, acaçá, acarajé de feijão-branco, milho cozido e cachaça.

CACAU

Uma preta, na rua, rebolando as ancas, gritava:
— Amendoim torrado! Acarajé, abará!
E, mais longe, um garoto berrava:
— O Estado da Bahia... Olha o Estado da Bahia.
Artigo sobre a carestia da vida...

O país do Carnaval

Negras de anágua e colares vendiam pipocas,
acarajés, mingau e mungunzá. Todo o largo estava
iluminado pela luz do circo. Moleques rondavam
espiando os lugares por onde podiam entrar de carona.

Jubiabá

Tempos modernos

Imagine que antigamente se fazia a massa do acarajé e do abará descascando o feijão-fradinho, grão a grão, e ralando numa *pedra*. Manuel Querino a descreve assim:

> *A pedra de ralar, como vulgarmente lhe chamam, mede cinquenta centímetros de comprimento por vinte e três de largura, tendo dez centímetros de altura. A face plana em vez de lisa é ligeiramente picada por canteiro, de modo a torná-la porosa ou crespa. Um rolo de forma cilíndrica, da mesma pedra de cerca de trinta centímetros de comprimento, apresenta toda superfície também áspera. Esse rolo, impelido para frente e para trás, sobre a pedra, na atitude de quem moe, tritura facilmente o milho, o feijão, o arroz etc.*

Meu compadre Aurélio Sodré teve um vizinho que era afiador de pedra: com um martelo bicudo dava pancadinhas na pedra, que pelo excesso de uso estava ficando lisa, e refazia assim sua aspereza.

Hoje é outra história: o feijão-fradinho vai para o liquidificador e nem sempre fica limpo de toda a sua casca. Aliás, às vezes não se usa nem feijão, pois para matar as saudades de um acarajé muita coisa pode ser inventada.

Isaias Costa — irmão de Pedro Costa, ótimo cozinheiro e louco por acarajé —, quando morava na Áustria, por falta de feijão-fradinho fez acarajé de grão-de-bico, batendo no liquidificador com cebola e sem tirar toda casca. Diz que ficou ótimo: diferente, mas delicioso. Como variação, tem também o acarajé de feijão-branco, facilmente encontrado em Viena, e que é citado por Jorge Amado em *Cacau*.

COME-SE ACARAJÉ EM: O PAÍS DO CARNAVAL, CACAU, SUOR, JUBIABÁ, GABRIELA, CRAVO E CANELA, A MORTE E A MORTE DE QUINCAS BERRO DÁGUA, OS PASTORES DA NOITE, DONA FLOR E SEUS DOIS MARIDOS, TENDA DOS MILAGRES, TEREZA BATISTA CANSADA DE GUERRA E O SUMIÇO DA SANTA.

ACARAJÉ

RENDE 30 PORÇÕES
TEMPO DE PREPARO: 3 A 24 HORAS PARA HIDRATAR + 45 MINUTOS

PARA HIDRATAR O FEIJÃO
1 kg de feijão-fradinho

No liquidificador, bata o feijão cru, rapidamente, apenas para quebrar os grãos. Transfira para uma tigela grande e cubra com o dobro (do volume) de água. Leve à geladeira e deixe de molho até o dia seguinte ou por pelo menos 3 horas.

PARA A MASSA
1 kg de cebola, cerca de 5 unidades
1 cebola com casca para a fritura
2 colheres (chá) de sal
2 litros de azeite de dendê para fritar

1. Escorra a água do feijão hidratado e cubra os grãos novamente com água. Mexa um pouco e, com uma peneira ou escumadeira, retire as cascas que estiverem flutuando. Mexa novamente e retire mais cascas. Repita esse procedimento mais três vezes e, por fim, escorra bem a água, passando pela peneira.
2. Descasque e corte as cebolas em pedaços médios (reserve a cebola extra com a casca).
3. No processador de alimentos, bata 1/5 do feijão hidratado com 1/5 da cebola, até formar uma massa bem leve, com aparência de pasta esponjosa. Transfira para uma tigela e repita o procedimento até usar todo o feijão e a cebola. Misture o sal, aos poucos, na massa.
4. Enquanto isso, numa panela funda e grande, aqueça o azeite de dendê com uma cebola inteira dentro — isso ajuda a manter a temperatura certa para fritar o acarajé.
5. Misture bem a massa para homogeneizar e modele um bolinho com duas colheres de arroz, passando de uma para outra. Essa técnica de fazer *quenelle*, uma massa com formato ovalado, requer certa habilidade e bastante agilidade. (É bem provável que os três primeiros mais se pareçam com uma panqueca. Mas não desista! É a prática que leva à perfeição.) Pegue um pouco da massa com uma colher de arroz e, com a outra, raspe bem o fundo da primeira. Repita esse movimento umas três vezes e coloque o bolinho imediatamente na panela com o azeite.
6. Frite no máximo dois bolinhos por vez e vá virando para que a fritura fique uniforme. Retire com uma escumadeira e transfira para um refratário forrado com papel-toalha.
7. Sirva o acarajé a seguir, cortado ao meio, recheado de vatapá e molho de camarão seco ou molho de pimenta.

A Bahia toda num abará

Alguns anos atrás, quem visitava a Fundação Casa de Jorge Amado, no Pelourinho, podia provar o famoso abará de Romélia, que era a viúva do grande mestre Pastinha e tinha uma escola de capoeira no mesmo Largo do Pelourinho. Com seu tabuleiro, era presença certa todas as tardes, em frente ao casarão azul que abriga o acervo do escritor. O abará era pago, mas o dedo de prosa era grátis: o freguês saía bem alimentado, contente e pleno de conhecimento da vida baiana.

COME-SE ABARÁ EM: O país do Carnaval, Jubiabá, Gabriela, cravo e canela, A morte e a morte de Quincas Berro Dágua, Os pastores da noite, Dona Flor e seus dois maridos, Tenda dos Milagres, Tereza Batista cansada de guerra e O sumiço da santa.

Do morro desciam as outras pastoras, vinha Gabriela da casa de dona Arminda, já não eram somente pastoras, eram filhas de santo, iaôs de Iansã. Cada noite seu Nilo soltava a alegria no meio da sala. Na pobre cozinha, Gabriela fabricava riqueza: acarajés de cobre, abarás de prata, o mistério de ouro do vatapá.

Gabriela, cravo e canela

Dona Flor em prudente passo, vestida com elegância e discrição, simples e modesta formosura, sem desviar os olhos para os lados, correspondendo ao alegre aceno do santeiro Alfredo, ao sonoro boa-tarde de Mendez, o espanhol, ao respeitoso saudar do farmacêutico, ao riso acolhedor da negra Vitorina com seu tabuleiro de abarás e acarajés.

Dona Flor e seus dois maridos

ABARÁ

SERVE 15 PESSOAS

---

    1 kg de feijão-fradinho
    1 kg de cebola
    300 g de camarão seco
    sal a gosto
    1 xícara de azeite de dendê
    2 folhas de bananeira

1. Bata o feijão-fradinho seco rapidamente no liquidificador, só para quebrar o grão, mas sem esmigalhar.
2. Ponha o feijão de molho n'água — água suficiente para cobrir os grãos — de um dia para o outro.
3. Escorra a água e lave o feijão retirando toda a sua casca.
4. Passe o feijão todo descascado no moedor de carne (para fazer pequena quantidade, pode-se bater no liquidificador).
5. Rale o quilo de cebola.
6. Coloque a massa de feijão num caldeirão e misture nela o sal e, aos poucos, a cebola ralada, batendo tudo com uma colher de pau, até que fique bem incorporado.
7. Moa o camarão seco torrado.
8. Coloque o azeite de dendê e o camarão seco moído nessa massa.
9. Passe a folha de bananeira no fogo, rapidamente, para amolecer.
10. Coloque a massa em quadrados de folha de bananeira, dobre-a fechando bem e dando a forma ao abará.
11. Cozinhe os abarás, assim envolvidos em folha de bananeira, em banho-maria.
12. Pode ser servido puro, ou cortado com pimenta ou recheado de vatapá e molho de camarão seco.

Ela ocupava quase toda a porta com latas de querosene cheias de mingau e munguzá e o tabuleiro enfeitado de desenhos, coberto com a alva toalha rendilhada, debaixo da qual os acarajés e as moquecas de aratu se acomodavam junto à cuia de barro, que levava o molho de pimenta.

SUOR

MOLHO DE CAMARÃO SECO
PARA ACOMPANHAR ACARAJÉ E ABARÁ
TEMPO DE PREPARO: 30 MINUTOS

200 g de camarão seco
½ xícara (chá) de pimenta-malagueta seca
1 cebola grande
5 castanhas-de-caju
1 xícara (chá) de azeite de dendê
¼ de colher (chá) de sal

1. Numa tigela, coloque o camarão seco, cubra com água e deixe de molho por 10 minutos. Escorra a água e, com as mãos, descasque o camarão (se preferir, use uma luva descartável).
2. No liquidificador, bata a pimenta-malagueta seca com 2 colheres (sopa) de água. Reserve.
3. Descasque e pique fino a cebola. Pique também as castanhas e ¼ de xícara (chá) do camarão seco já hidratado e descascado.
4. Leve uma frigideira grande com o azeite de dendê ao fogo médio. Quando aquecer, coloque a cebola e refogue até murchar. Acrescente as castanhas e o camarão picado e misture. Adicione a pimenta-malagueta batida, o restante do camarão seco hidratado e refogue por mais 5 minutos.
5. Desligue o fogo e deixe esfriar. Sirva em temperatura ambiente.

Um beijuzinho!

Quem terá tido a ideia genial de misturar manteiga com queijo parmesão e passar nos beijuzinhos secos para depois colocar no forno? Muitos devem se arvorar autores, mas a verdade é que dona Zélia Gattai, senhora de muitas invenções, já o fazia quase trinta anos atrás, na casa do Rio Vermelho. Não havia quem resistisse! Se fossem feitos com os beijus pequeninos e finos que vinham da fazenda do irmão de Aydil Coqueijo — e que ela, com carinho, mandava de presente —, então não era possível comer pouco. Deve-se estar alerta ao sucesso do beijuzinho e fazê-los em grande quantidade, se não quiser passar vergonha por ele acabar rápido demais.

BEIJU DE TAPIOCA COM QUEIJO RALADO
SERVE 4 PESSOAS
TEMPO DE PREPARO: 10 MINUTOS + 10 MINUTOS PARA ASSAR

20 beijus de tapioca secos (compre pronto)
½ xícara (chá) de queijo parmesão
50 g de manteiga em temperatura ambiente

1. Preaqueça o forno a 200 °C (temperatura média) e forre com papel-manteiga uma assadeira retangular de 30 cm × 40 cm.
2. Rale o queijo na parte fina do ralador e transfira para uma tigela. Junte a manteiga e misture para formar uma pasta.
3. Com as costas de uma colherinha de café, espalhe a pasta de queijo na parte côncava de cada beiju e transfira para a assadeira. Leve ao forno preaquecido por 10 minutos ou até dourar o queijo. Sirva a seguir.

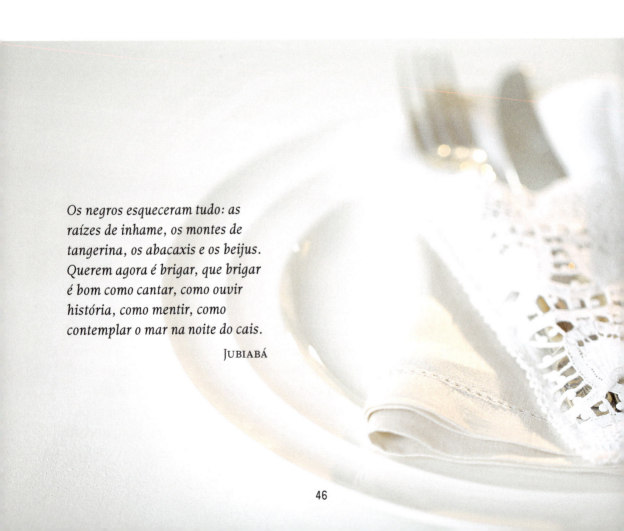

Os negros esqueceram tudo: as raízes de inhame, os montes de tangerina, os abacaxis e os beijus. Querem agora é brigar, que brigar é bom como cantar, como ouvir história, como mentir, como contemplar o mar na noite do cais.

JUBIABÁ

Ainda mais português

Prato típico da cozinha portuguesa, o bolinho de bacalhau foi inteiramente incorporado à comida brasileira, sem sofrer alterações. É claro que existem inúmeras receitas, cá e lá, mas os ingredientes básicos são os mesmos: bacalhau, batata, ovos e salsinha. A receita a seguir é portuguesa — não é a mais habitual no Brasil, nem a mais barata, pois leva vinho do Porto. Por isso mesmo, vale experimentar.

COME-SE BOLINHO DE BACALHAU EM: Gabriela, cravo e canela; Dona Flor e seus dois maridos; Tieta do Agreste; Farda, fardão, camisola de dormir e O sumiço da santa.

BOLINHO DE BACALHAU
RENDE 30 UNIDADES
TEMPO DE PREPARO: 12 HORAS PARA DESSALGAR + 40 MINUTOS + 30 MINUTOS PARA FRITAR

500 g de bacalhau do Porto cortado em postas
400 g de batata (cerca de 2 batatas grandes)
1 cebola
⅓ de xícara (chá) de folhas de salsinha (meça pressionando na xícara)
1 ½ colher (chá) de sal
pimenta-do-reino moída na hora
1 colher (sopa) de azeite de oliva
3 colheres (sopa) de vinho do Porto
2 ovos
2 litros de óleo
gomos de limão para servir
molho de pimenta para servir

1. Numa tigela, coloque o bacalhau e cubra com o dobro do volume de água. Reserve na geladeira por 12 horas e troque a água no mínimo três vezes durante o período.
2. Descasque as batatas e corte em quatro rodelas. Transfira para uma tigela com água para que não escureçam. Descasque e pique fino a cebola. Pique fino também as folhas de salsinha.

→

3. Escorra a água do bacalhau e transfira as postas para uma panela média. Cubra com água e leve ao fogo alto. Quando começar a ferver, deixe cozinhar por 10 minutos. Com uma escumadeira, retire o bacalhau e transfira para uma tigela com água e gelo. (Não desligue o fogo nem escorra a água!)
4. Transfira as batatas para a panela com a água do bacalhau e deixe cozinhar por cerca de 25 minutos ou até ficarem macias — para verificar o ponto, espete um garfo.
5. Enquanto as batatas cozinham, com as mãos, solte as postas do bacalhau e descarte as espinhas. Use uma tábua para picar fino as lascas. Esfregando uma mão na outra, desfie ainda mais o bacalhau. Reserve em uma tigela.
6. Retire a panela com as batatas do fogo e escorra a água. Passe as batatas ainda quentes por um espremedor e transfira para a tigela com o bacalhau desfiado.
7. Junte a cebola e a salsinha, tempere com sal e pimenta-do-reino, regue com o azeite e o vinho do Porto e misture bem.
8. Quebre os ovos em uma tigela separada (assim, se um deles não estiver bom, não estraga a receita) e junte à massa. Misture bem até ficar homogênea.
9. Leve uma panela grande com óleo ao fogo alto e deixe aquecer — para testar se já está quente, coloque 1 colher (chá) da massa para fritar; se o óleo borbulhar, está no ponto, caso contrário, espere mais um pouco.
10. Para modelar os bolinhos, use duas colheres de sopa: retire um pouco da massa com uma e, com a outra, raspe a parte de dentro; repita esse movimento três ou quatro vezes para dar um formato ovalado à massa. Coloque delicadamente na panela e deixe fritar por cerca de 2 minutos. Retire com uma escumadeira e transfira para um prato forrado com papel-toalha. Repita o procedimento até usar toda a massa. Sirva a seguir com gomos de limão e molho de pimenta.

O sangue sobe rosto acima, um filete entre os lábios, o general larga o aparelho, o corpo se dobra para a frente, na cadeira. Dona Conceição deixa cair a travessa, bolinhos de bacalhau rolam pela sala. Corre para o marido, se abraça com ele.

Farda, fardão, camisola de dormir

Seus acarajés, as fritadas envoltas em folhas de bananeira, os bolinhos de carne, picantes, eram cantados em prosa e verso — em verso porque o professor Josué a eles dedicara uma quadra, onde rimava frigideira com abrideira, cozinheira com faceira.

GABRIELA, CRAVO E CANELA

Bolinho *de...* Gato!

O bolinho de carne é muitos em um só: a receita pode levar carne de boi crua fresca, como a seguir, ou pode ser feita com sobras de carne — assada, do cozido ou do picadinho. Também é possível misturar carne de boi à de porco, ou à de carneiro. E ainda pode ser feito com carne de caça, que era a forma preferida por Jorge Amado.

Sobre bolinhos de caça, ele sempre contava uma história do seu tempo de juventude no Rio de Janeiro: no começo dos anos 1930, Santa Rosa, Dante Costa e ele trabalhavam numa revista no centro da cidade e almoçavam num restaurante na rua do Ouvidor, próximo à Livraria Schmidt. O menu tinha preço fixo: 5 mil réis por refeição, com sobremesa, pão e banana à vontade. Volta e meia o prato principal era *croquete de caça*, bolinho de carne apimentado, gostosíssimo, que logo passou a ser o preferido dos três. Ficaram fregueses. O garçom, que recebia 500 réis de gorjeta e ficou amigo, num desses dias de croquete de caça resolveu dar o serviço: a caça não era caça, era gato — gato *caçado* ali nas redondezas. Literalmente estavam comendo gato por lebre!

As reações foram diferentes: Jorge Amado embrulhou o estômago e nunca mais comeu; Santa Rosa, ao contrário, disse não ter preconceitos, sempre gostou, continuaria comendo o croquete. Quanto ao Dante Costa, não se guardou memória. Teria continuado a comer gato?

COME-SE BOLINHO DE CARNE EM: GABRIELA, CRAVO E CANELA.

BOLINHO DE CARNE
SERVE 8 PESSOAS
TEMPO DE PREPARO: 50 MINUTOS + 1 HORA PARA DESCANSAR

500 g de carne moída (chã ou alcatra)
1 pão francês amanhecido
1 cebola grande
3 dentes de alho
½ xícara (chá) de folhas de salsinha (meça pressionando na xícara)
½ xícara (chá) de cebolinha picada
2 pimentas-malaguetas
2 ovos
1 xícara (chá) de farinha de rosca
2 litros de óleo vegetal para fritar
2 colheres (chá) de sal
pimenta-do-reino moída na hora a gosto

1. Numa tigela grande, coloque o pão e cubra com água. Deixe descansar por meia hora ou até que o pão amoleça completamente.
2. Descasque e corte em metades a cebola e o alho. Lave e seque as folhas de salsinha, a cebolinha e a pimenta-malagueta. Corte e descarte a parte branca da cebolinha e pique grosseiramente o talo até completar ½ xícara.
3. No liquidificador, junte a cebola, o alho, a salsinha, a pimenta-malagueta, a cebolinha e bata até formar uma pasta rústica. Se preferir, com uma faca, pique fino todos os ingredientes.
4. Numa tigela, junte a carne moída, os temperos batidos, os ovos e tempere com sal e pimenta-do-reino a gosto.
5. Com as mãos, esprema bem o pão para extrair toda a água e junte à tigela da carne. Misture bem, desfazendo o pão com as mãos, até formar uma massa uniforme.
6. Numa assadeira grande, espalhe a farinha de rosca. Modele os bolinhos rolando um pouco da massa, aproximadamente 2 colheres (sopa), na palma das mãos ligeiramente molhadas. Transfira para a assadeira e role para empanar. Repita o procedimento até utilizar toda a massa. Leve a assadeira à geladeira para os bolinhos descansarem por 1 hora — ou até a hora de fritar.
7. Forre uma travessa grande com papel-toalha e reserve. Leve ao fogo médio uma panela média com o óleo vegetal. Quando esquentar, coloque cerca de cinco bolinhos por vez e deixe fritar por 3 ou 4 minutos ou até dourar. Com uma escumadeira, retire os bolinhos e passe para a travessa. Deixe escorrer um pouco do óleo e sirva a seguir.

Ritual *de* sábado

Um dos bons lugares para comer lambreta é o Mercado Modelo, em Salvador. O ideal é num sábado antes do almoço, chegando cedo para poder ficar bastante tempo. E com calma: é lema na Bahia que ninguém deve se afobar para nada, muito menos para comer. Além disso, no mercado tem sempre alguém tocando um berimbau, um pessoal jogando capoeira, dá gosto ouvir e olhar.

Comer lambreta é um ritual: consiste em comer o marisco, tomar o seu caldo e, por cima de tudo isso, tomar uma cachacinha — que pode ser misturada com suco de fruta, fazendo uma batida. O caldo da lambreta corta em parte o efeito do álcool, permitindo aos menos habituados tomar vários tragos sem cair logo. Além de abrir o apetite com esse quitute de sabor particular, e da experiência agradável com o pessoal do mercado, a lambreta ainda proporciona prazeres posteriores, pois é afrodisíaco de renome. Vejam quanta vantagem por um preço barato!

Dirlene Cerqueira tem fama de fazer lambreta como ninguém. A receita que me mandou em si já é saborosa e vem com bons conselhos.

COME-SE LAMBRETA EM: O SUMIÇO DA SANTA.

Nas barracas atulhadas, ruidosas, as comidas de coco e de dendê: caruru, vatapá, efó, as diversas frigideiras e as diferentes moquecas, tantas!, galinha de xinxim, arroz de hauçá. A cerveja bem gelada, as batidas, o caldo de lambreta, afrodisíaco incomparável.

O SUMIÇO DA SANTA

LAMBRETA

Segundo receita de Dirlene Cerqueira
Serve 4 pessoas

---

    3 dúzias de lambreta
    1 molho bem grande de coentro
    1 molho razoável de cebolinha
    2 tomates maduros médios
    4 cebolas médias, de preferência roxas
    3 ou 5 dentes de alho
    1 pitadinha de pimenta-do-reino
    sal a gosto
    algumas gotinhas de limão
    1 colher (sopa) de azeite de oliva

Obs. de Dirlene: *Alho não deve ser usado em número par, porque não tempera; pode-se aumentar ou diminuir a quantidade, dependendo do gosto do freguês; o azeite doce deve ser português ou espanhol, do bom.*

1. Não pense, como muita gente, que a lambreta grande é a boa. Prefira a de tamanho médio para pequeno. Escolha e confira para que venham todas fechadas.
2. Coloque as lambretas de molho em bastante água para ir largando a sujeira (lama e areia); de vez em quando, troque a água.
3. Pegue uma escovinha (como a de limpar unhas) e, em água corrente, esfregue bem lambreta por lambreta, até deixá-las completamente limpas — ficam brancas. (Se não limpá-las bem, será impossível beber o delicioso caldo.)
4. Pique todos os temperos bem miudinhos e coloque-os com o azeite em bastante água — que dê para cobrir as lambretas — num caldeirão, no fogo.
5. Quando ferver, coloque as lambretas.
6. Quando as lambretas abrirem, estão prontas para serem saboreadas.
7. Sirva as lambretas em pratos ou cumbucas de barro, e o caldo em copos ou canecas.
8. Para acompanhar, sirva bandas de limão — para pingar tanto na lambreta como no caldo — e molho lambão com e sem pimenta.

MOLHO LAMBÃO

SERVE 6 PESSOAS
TEMPO DE PREPARO: 15 MINUTOS

1 xícara (chá) de folhas de coentro (meça pressionando na xícara)
4 tomates
1 pimenta-de-cheiro
3 cebolas
1 colher (chá) de sal
5 colheres (sopa) de azeite de oliva
½ xícara (chá) de vinagre

1. Antes de retirar o talo e medir as folhas de coentro, lave o maço e deixe-o de molho numa tigela com água e 1 colher (sopa) de vinagre. Cerca de 10 minutos são suficientes para higienizar. Retire o maço (em vez de escorrer a água), assim as sujeirinhas ficam no fundo da tigela. Aí, sim, corte e descarte a parte do talo e meça as folhas, pressionando bem na xícara.

2. Lave e seque os tomates e a pimenta-de-cheiro. Numa tábua, corte os tomates ao meio (no sentido horizontal) e retire as sementes com o dedão. Pressione as metades contra a tábua, com a pele para baixo, até ficar plana; corte em tiras; e as tiras, em cubos.

3. Corte a pimenta-de-cheiro ao meio, no sentido do comprimento e, com a ponta de uma faquinha, retire e descarte as sementes. Pique fino as metades.

4. Descasque e pique fino as cebolas. Pique fino as folhas de coentro.

5. Numa tigela grande, coloque o sal, o azeite e o vinagre. Com um batedor de arame, misture bem até incorporar os ingredientes. Junte o tomate, a cebola, a pimenta-de-cheiro e o coentro picados, misturando delicadamente com uma colher. Sirva a seguir.

Obs.: Este molho é uma delícia também para acompanhar escaldado de camarão e caranguejada.

Ela adorava o mistério:
— Na hora de desembarcar lhe entrego um papel com meu nome completo e meu endereço. Até já escrevi, está aqui... *— Apontava para o decote do vestido, ao calor do seio guardara o papel que era a chave a abrir a porta de sua família, do novo lar do comandante. — Fico lhe esperando em casa, pode vir jantar com meu irmão e minha cunhada. Vou mandar fazer casquinho de caranguejo. É até bom assim, tenho tempo de falar com meu irmão...*
OS VELHOS MARINHEIROS OU O CAPITÃO-DE-LONGO-CURSO

Na mesa, agitadíssima, em duas garfadas Lenoca engolira a gostosura do casquinho de caranguejo, abrira mão do peixe com molho de camarão, do filé com fritas, das diversas sobremesas, inclusive da ambrosia: não estou com fome, mãinha.

O SUMIÇO DA SANTA

Arrematado *com* farofa

O casquinho de caranguejo tem um irmão que é o casquinho de siri. Ambos são deliciosos, mas o de siri tem sempre uma freguesia mais constante, apesar de nunca ter sido oferecido a nenhum personagem de Jorge Amado. A partir da receita do casquinho de caranguejo, que você aprenderá a seguir, é muito fácil fazer o de siri: basta substituir o caranguejo catado pelo siri catado, e acrescentar 1 xícara de coco ralado (para 1/2 kg de siri catado). Ambos os casquinhos são arrematados com farofa bem torradinha e servidos com pimenta.

COME-SE CASQUINHO DE CARANGUEJO EM: Os velhos marinheiros ou O capitão-de-longo--curso e O sumiço da santa.

CASQUINHO DE SIRI OU DE CARANGUEJO
SERVE 16 PORÇÕES OU 8 PESSOAS
TEMPO DE PREPARO: 20 MINUTOS + 15 MINUTOS PARA COZINHAR

PARA O SIRI OU O CARANGUEJO

500 g de siri ou caranguejo desfiado

1 cebola

2 tomates

3 dentes de alho

1 pimentão verde

1 pimenta-malagueta

¼ de xícara (chá) de cebolinha fatiada

¼ de xícara (chá) de folhas de coentro picado

caldo de 1 limão

1 xícara (chá) de leite de coco

1 colher (sopa) de azeite de oliva

sal e pimenta-do-reino a gosto

1. Lave e seque a cebola, os tomates, o pimentão, a pimenta-malagueta, a cebolinha e o coentro. Para medir as ervas, coloque as folhas já picadas e fatiadas na xícara medidora.

2. Numa tábua, pique fino a cebola. Descasque e pique fino os dentes de alho. Corte os tomates ao meio, retire as sementes (com o dedão) e pressione cada metade contra a tábua; corte os discos de tomate em tiras bem finas, e as tiras, em cubinhos. Corte o pimentão ao meio, retire as sementes e descarte; corte as metades em cubinhos, como os de tomate. Corte a pimenta ao meio, no sentido do comprimento, raspe e descarte as sementes e pique fininho cada parte.

3. Regue o siri com o caldo do limão.

4. Numa frigideira, aqueça o azeite. Refogue o siri até secar um pouco e, em seguida, coloque a cebola e os outros temperos picados. Tempere com sal e pimenta-do-reino e misture bem, até o pimentão amolecer.

5. Regue com o leite de coco e cozinhe até secar, mas sem deixar ressecar. Desligue o fogo.

PARA A FAROFA E A MONTAGEM

500 g de farinha de mandioca
150 g de manteiga
½ colher (chá) de sal

1. Enquanto o siri cozinha, em outra frigideira derreta a manteiga. Junte a farinha de mandioca e tempere com sal. Vá mexendo até torrar.

2. Se não tiver as conchinhas próprias para servir os casquinhos, preencha tigelinhas individuais com o refogado e cubra com a farofa, bem soltinha. Se quiser, polvilhe com um pouco mais de cebolinha. Sirva a seguir.

Obs.: Se não conseguir o caranguejo já catado, deve-se lavar bem os caranguejos, esfregando com uma escovinha, e jogá-los em água fervente para cozinhar. Eles estarão cozidos quando mudarem de cor, ficando bem vermelhos. Aí então devem ser retirados do fogo. Quebre-os e tire a carne, procurando separá-la dos pedacinhos de casca.

Roteiro sergipano

Quando morávamos todos na Bahia, gostávamos de pegar o carro no fim de semana para irmos a Sergipe. Do programa constava uma visita a São Cristóvão para ver a igreja e visitar a pintora Maria Vesta; outra a Estância, terra de meu avô João, e de tantos amigos; e um dia agradável, passeando pelo mercado de Aracaju, que é uma beleza. Íamos, sobretudo, para comer as especialidades de cada lugar: em São Cristóvão, os confeitos; em Aracaju, os sorvetes da sorveteria Cinelândia, os caranguejos na praia de Atalaia e os inúmeros doces de frutas do mercado; e em Estância, os pitus. Antes mesmo de chegar à cidade, ainda na estrada, parávamos no restaurante *XPTO* para almoçar. À beira do rio Piauitinga, na entrada para Estância, esse restaurante grande e famoso servia pitus fresquinhos, pescados no rio naquela horinha mesmo! Primeiro vinham fritos, para abrir o apetite, e era preciso muito apetite para toda a comilança que nos serviam depois. Mas isso não faltava nunca, nem na volta para Salvador, quando parávamos de novo no restaurante para a despedida.

COME-SE PITU FRITO EM: Tereza Batista, cansada de guerra e Tieta do agreste.

PITU (OU CAMARÃO-ROSA) FRITO
SERVE 6 PESSOAS
TEMPO DE PREPARO: 30 MINUTOS + 15 MINUTOS NA GELADEIRA

2 kg de pitu fresco inteiro (ou camarão-rosa), com cabeça e casca (peça ao peixeiro para descartar os olhos)
caldo de 3 limões
2 limões inteiros
5 dentes de alho
2 xícaras (chá) de azeite de oliva
sal e pimenta-do-reino moída na hora a gosto

→

1. Sob água corrente, lave os pitus e seque delicadamente com um pano de prato limpo. Coloque na tigela e regue com o caldo de limão. Escorra o excesso de líquido, cubra com filme e leve à geladeira por 15 minutos.
2. Corte os dois limões em metades e as metades, em três gomos. Reserve. Descasque os dentes de alho e corte em três fatias.
3. Leve uma frigideira ou panela grande ao fogo médio. Quando aquecer, regue com o azeite. Junte o alho e cerca de quatro pitus de cada vez — o importante é formar apenas uma camada no fundo da panela. Frite por 2 minutos de cada lado ou até que a casca do pitu fique alaranjada — se cozinhar demais, a carne vai ficar dura. Transfira os pitus e o alho para uma travessa grande forrada com papel-toalha, enquanto frita os pitus restantes.
4. Transfira os pitus para uma travessa de servir e tempere com sal e pimenta-do-reino. Sirva a seguir com os gomos de limão.

Na hora do crepúsculo e da brisa, Tereza e o doutor voltam ao jardim. Apaziguadora, a noite de Estância começa a se estender sobre as árvores, o casario e as pessoas. Da cozinha, resmungando incongruências, a velha Eulina envia pitus para o tira-gosto.

TEREZA BATISTA, CANSADA DE GUERRA

Turco da Bahia

Não estranhe a inclusão de pratos árabes num livro sobre a cozinha baiana de Jorge Amado, pois a presença síria e libanesa na região do cacau, na formação dessa comunidade do sul da Bahia, é marcante. A maioria é de comerciantes, mas alguns conseguiram suas terrinhas e foram plantar cacau. São tão baianos quanto os outros habitantes — os baianos de nascimento e os sertanejos de várias procedências —, absorveram os hábitos da região e ensinaram as receitas de suas mães e avós. Quibe e esfiha são pratos do dia a dia do grapiúna, não importa onde tenha nascido.

Quando *Gabriela, cravo e canela* foi lançado, em 1958, houve muita especulação para se identificar os personagens entre os moradores de Ilhéus e Itabuna. Imediatamente um senhor Maron, turco, casado com uma mulata, dono de um bar, foi apontado como Nacib. Ficou furioso. Achava que estava sendo chamado de cabrão et cetera e tal. Outro turco da região, filho de fazendeiro, o escritor e jornalista Jorge Medauar, foi a Ilhéus fazer uma reportagem, tirar as coisas a limpo. Entrou no bar do Maron e entre um quibe e outro falou de Gabriela: foi corrido a tiros da cidade. Histórias dos turcos da Bahia.

COME-SE QUIBE EM: Gabriela, cravo e canela; Tocaia grande e A descoberta da América pelos turcos. COME-SE ESFIHA EM: A descoberta da América pelos turcos.

QUIBE CRU
SERVE 6 PESSOAS
TEMPO DE PREPARO: 40 MINUTOS

1 kg de patinho moído sem nervos e sem gordura
1 xícara (chá) de trigo para quibe
2 xícaras (chá) de água filtrada
2 cebolas
12 pedras de gelo
2 colheres (chá) de sal
1 colher (chá) de pimenta síria
ramos de hortelã e manjericão fresco para servir
1 colher (sopa) de azeite

1. Lave e seque as ervas. Se quiser, além dos ramos para decorar o prato, corte folhas de hortelã em fatias para servir à parte.
2. Numa tigela, coloque o trigo com 2 xícaras de água filtrada para hidratar por 10 minutos. Escorra e, com as mãos (ou passando por uma peneira), esprema o trigo para retirar o excesso de água. Reserve na geladeira.
3. Descasque e pique fino as cebolas (se preferir, bata no processador). Transfira para uma tigela, cubra com filme e leve à geladeira enquanto prepara a carne.
4. No processador de alimentos, coloque ¼ da carne, ¼ do trigo e 3 pedras de gelo. Bata até ficar uma mistura homogênea. Transfira para uma tigela grande, cubra com filme e reserve na geladeira. Repita esse processo mais três vezes, usando sempre ¼ de cada ingrediente por vez e transferindo o conteúdo do processador para a mesma tigela.
5. Junte a cebola picada à tigela da carne e tempere com sal e pimenta síria. Misture bem.
6. Com as mãos úmidas, modele a mistura, dando o formato de quibe frito (arredondado e com as extremidades pontudas). Com uma faquinha, risque as linhas para formar losangos. Transfira para uma travessa.
7. Decore o quibe com as folhas de hortelã e manjericão e regue com o azeite. Sirva a seguir.

QUIBE FRITO
RENDE 15 UNIDADES
TEMPO DE PREPARO: 1 HORA + 30 MINUTOS PARA A MASSA DESCANSAR

PARA A MASSA

500 g de trigo para quibe
250 g de patinho moído (duas vezes)
1 litro de água filtrada
½ cebola
½ xícara (chá) de folhas de hortelã (meça pressionando na xícara)
1 colher (sopa) de vinagre
1 colher (chá) de sal
½ colher (chá) de pimenta síria

1. Antes de retirar o talo e medir as folhas de hortelã, lave o maço e deixe de molho numa tigela com água e 1 colher (sopa) de vinagre. Cerca de 10 minutos são suficientes para higienizar. Retire o maço (em vez de escorrer a água), assim as sujeirinhas ficam no fundo da tigela. Corte e descarte a parte do talo e meça as folhas, pressionando bem na xícara.
2. Numa tigela grande, coloque o trigo e junte 1 litro de água filtrada. Deixe hidratar por 15 minutos.
3. Descasque e corte a cebola em quatro partes. Transfira para o processador de alimentos e bata apenas para picar. Junte as folhas de hortelã, ¼ do trigo e bata para misturar. Junte o restante do trigo em etapas, batendo a cada adição. Tempere com sal e pimenta síria, então processe para misturar.
4. Transfira o trigo processado para uma tigela grande. Com uma espátula, misture a carne moída.
5. Coloque cerca de ¼ da massa no processador e bata até formar uma massa homogênea. Transfira para outra tigela e repita o procedimento com toda a massa.
6. Cubra a tigela com filme e leve à geladeira para descansar por 30 minutos. →

Quanto a Nacib, esse brasileiro nascido na Síria, sentia-se estrangeiro ante qualquer prato não baiano, à exceção de quibe. Era exclusivista em matéria de comida.

Gabriela, cravo e canela

Ao elogiar a fina qualidade do quibe e o sublime sabor do araife, pastel de amêndoa com calda de mel, seu doce predileto, soube que fora a filha única dos donos da casa, a professoranda Aruza, quem preparara o jantar: cozinheira emérita, de forno e fogão.

Tocaia grande

PARA O RECHEIO

500 g de patinho moído (duas vezes)
2 colheres (sopa) de manteiga
2 cebolas
½ xícara (chá) de *pinoli* ou nozes picadas
1 ½ colher (chá) de sal
1 colher (chá) de pimenta síria

1. Leve uma panela com a manteiga ao fogo médio. Quando derreter, junte a cebola e refogue até ficar transparente.
2. Acrescente a carne moída à panela e, com um garfo, refogue a carne até ficar bem soltinha.
3. Quando a carne estiver sequinha, junte o *pinoli* e tempere com sal e pimenta síria. Misture bem. Reserve.

PARA A MONTAGEM

2 litros de óleo vegetal para fritar
2 limões em gomos

1. Prepare uma tigela com água filtrada e gelo para molhar as mãos e modelar a carne.
2. Retire uma porção de massa do tamanho de uma bola de pingue-pongue e, com o dedo indicador, faça um buraco. Vá girando o dedo, enquanto segura a massa firme na outra mão. A ideia é formar uma cavidade que comporte cerca de 2 colheres (chá) do recheio. Depois de rechear, molhe a mão na água gelada e feche o quibe formando o biquinho no topo. Repita o procedimento até utilizar toda a massa.
3. Forre uma assadeira com papel-toalha. Leve ao fogo médio uma panela grande com óleo vegetal.
4. Quando o óleo estiver bem quente, com uma escumadeira, coloque um quibe delicadamente na panela e deixe fritar por cerca de 2 minutos de cada lado, ou até dourar. Frite no máximo quatro quibes por vez.
5. Transfira os quibes fritos para a assadeira preparada, enquanto frita os demais. Sirva a seguir com gominhos de limão.

ESFIHA FECHADA DE CARNE

RENDE 40 UNIDADES
TEMPO DE PREPARO: 30 MINUTOS + 30 MINUTOS PARA FERMENTAR + 10 MINUTOS NO FORNO

PARA A MASSA

1 kg de farinha de trigo
1 xícara (chá) de fubá de milho
2 tabletes de fermento biológico fresco (30 g)
2 xícaras (chá) de água morna
3 colheres (sopa) de açúcar
1 ½ colher (chá) de sal
2 colheres (sopa) de óleo

1. Numa tigela grande, amasse o fermento com uma colher e regue com a água morninha, quase fria. Atenção: se estiver muito quente, vai matar o fermento em vez de ativá-lo. Junte o açúcar, o sal e o óleo e misture bem.
2. Aos poucos, junte a farinha de trigo e o fubá, misturando bem com uma espátula. Quando começar a formar uma massa firme, amasse com a mão apenas até que fique lisa. Não precisa sovar.
3. Cubra a massa com um pano limpo e úmido e deixe fermentar por 30 minutos.

PARA O RECHEIO

1 kg de patinho moído
2 tomates
1 cebola
¼ de xícara (chá) de folhas de salsinha (meça pressionando na xícara)
½ colher (chá) de pimenta-do-reino
1 colher (sopa) de sal

1. Enquanto a massa descansa, lave e seque os tomates, as folhas de salsinha e a cebola.
2. Com um descascador de legumes, retire a pele dos tomates e, em seguida, corte-os ao meio (no sentido horizontal). Com o dedão, retire as sementes; pressione as metades contra uma tábua, até formar um disco; corte cada disco em tiras; e as tiras, em cubinhos. Transfira para uma tigela grande e reserve.
3. No processador de alimentos, coloque a cebola, as folhas de salsinha, o sal e a pimenta-do-reino. Bata por 1 minuto ou até triturar bem. Junte a carne e processe novamente.

→

4. Transfira a carne temperada para a tigela com o tomate e misture. Reserve na geladeira.

PARA A MONTAGEM

1 xícara (chá) de fubá de milho
óleo vegetal para untar

1. Preaqueça o forno a 200 °C (temperatura média). Unte três fôrmas retangulares de 28 cm × 22 cm com óleo vegetal.
2. Divida a massa em quatro partes, separe um pedaço e cubra novamente os outros com pano úmido.
3. Polvilhe um pouco do fubá de milho na bancada limpa e abra a massa com um rolo (ou uma garrafa de vinho vazia, limpa e sem o rótulo), até que fique com 0,5 cm de espessura.
4. Emborque uma tigela de cerca de 10 cm de diâmetro na massa e passe a ponta da faca bem rente à borda para cortar os discos.
5. Coloque 1 colher (sopa) do recheio no centro de cada disco e espalhe ligeiramente. Cubra o recheio unindo três pontos opostos da massa para formar um triângulo. Com a ponta dos dedos, aperte bem as emendas para a esfiha não abrir ao assar.
6. Transfira as esfihas para as assadeiras untadas e leve para assar por cerca de 10 minutos ou até as bordas dourarem. Retire do forno, deixe esfriar por 5 minutos antes de servir.

*Por falar em marido, o de Samira, o telegrafista,
comparecera e brilhara, cordial e bonacheirão,
guloso apreciador de quibe e esfiha.*
A DESCOBERTA DA AMÉRICA PELOS TURCOS

Mirandão fitou a noite transparente, o céu distante:

— Minha comadre sabe: entre marido e mulher ninguém deve se meter, até uma sombra, até uma lembrança pode ser ruim. Sei que minha comadre vive contente, anda por cima, isso é o que eu desejo. Bem merece tudo isso e muito mais. Nem por eu não aparecer é menor nossa amizade.

Era verdade, dona Flor sorriu e andou para junto do compadre:

— Tem uma coisa que desejo lhe pedir...

— Mande, não peça, minha comadre...

— Não vai tardar o dia do caruru de Cosme e Damião, aquela obrigação...

— Tenho pensado nisso, ainda outro dia disse pra patroa: "Será que vai haver este ano o caruru em casa da comadre?".

— Qual é seu parecer, compadre? Que é que acha?

— Pois eu lhe digo, comadre, que ninguém pode andar dois caminhos de uma vez, um de ida, outro de volta. A obrigação não era sua, era do compadre, se enterrou com ele, os Ibejis se dão por satisfeitos — fez uma pausa. — Se era esse também seu parecer, comadre, então fique descansada, não está agindo mal com os santos nem cortando um preceito pelo meio...

Ouviu dona Flor pensativa, absorta como se pesasse medidas de viver:

— Tem razão, compadre, mas não é só aos santos que a gente tem contas a prestar. Eu tenho vontade de manter a obrigação, seu compadre levava o preceito muito a sério, tem coisas que a gente não pode desmanchar.

— E então, comadre?

— Pois pensei que podia fazer o caruru em casa do compadre. Eu vou lá, no dia, ver o menino, levo o necessário, cozinho o caruru e nós comemos. Convido Norminha e mais ninguém.

— Pois seja assim, comadre, como quer. A casa é sua, é só dar ordens. Se eu tivesse certeza de ter dinheiro, lhe dizia para não levar tempero algum. Mas, quem adivinha a noite de ganhar e a noite de perder? Se eu soubesse, estava rico. Leva seus quiabos, é mais seguro.

DONA FLOR E SEUS DOIS MARIDOS

Dos grandes pratos da comida de azeite

Cosme e Damião, os Ibejis do candomblé, são festejados com festa de comida na Bahia. No seu mês, setembro, a pessoa muito relacionada passa bem, pois o Caruru de Cosme e Damião é uma festa de portas abertas para receber os amigos, que juntos homenageiam os santos gêmeos. Basicamente, é comida de azeite — como se diz na Bahia da comida feita com azeite de dendê —, sendo o caruru, que dá o nome à festa, o prato principal. A importância, a grandeza do caruru é avaliada pela quantidade de quiabos usados na receita: o que Jacira do Odô Oiá, em *O sumiço da santa*, ofereceu a Iansã foi de doze grosas de quiabo!

Além de caruru, tem também vatapá, efó, moquecas variadas, xinxim de galinha, arroz de hauçá, frigideiras, acarajés e abarás. E há ainda outros pratos, como na festa do major Pergentino Pimentel, em *Dona Flor e seus dois maridos*: "frangos, perus assados, pernis de porco, postas de peixe frito para algum ignorante que não apreciasse o azeite de dendê (pois como considerava Mirandão de boca cheia e com desprezo, há todo tipo de bruto nesse mundo, sujeitos capazes de qualquer ignomínia)".

Todos os pratos apresentados a seguir podem, e devem, ser acompanhados de moquecas — aconselho uma boa moqueca de peixe para comer com o vatapá —, acaçá e farofa de dendê, regados com bastante molho de pimenta.

Mariana ficou conhecendo os nomes dos meninos, a habilidade culinária da mulher do dirigente. Este espantava-se, quase se indignava, ao descobrir jamais ter Mariana comido vatapá:
— Nunca? É incrível... Você não sabe o que é bom... Se eu não tivesse de voltar logo, eu mesmo ia cozinhar um vatapá em sua casa. Porque eu também sou bom cozinheiro, não é só a patroa que entende de fogão lá em casa. Eu aprendi a fazer vatapá na Bahia, a gente deve saber fazer de tudo. Ah! Um bom vatapá, isso é comida.

Agonia da noite, Os subterrâneos da liberdade, vol. 2

Fugiu dos notáveis e recusou jantar de homenagem a pretexto de indisposição intestinal, declinando do fino menu e do discurso de saudação do acadêmico Luiz Batista, uma notabilidade. Foi comer vatapá, caruru, efó, moqueca de siri-mole, cocada e abacaxi no alto do Mercado Modelo, no restaurante da finada Maria de São Pedro, de onde via os saveiros de velas desatadas cortando o golfo, e as coloridas rumas de frutas na rampa sobre o mar.

TENDA DOS MILAGRES

Famoso e elegante

O vatapá mais famoso, aquele que correu mundo, é o vatapá de peixe, cujas receitas encontram-se a seguir. Se o caldo de cabeça de peixe for substituído por um bom caldo feito com galinha e temperos bem picados — ou machucados, como se diz na Bahia —, cozido lentamente, acrescentando-se água aos poucos para que fique bem apurado, então se obtém o vatapá de galinha, que nas palavras de Manuel Querino "é privativo das mesas elegantes".

COME-SE VATAPÁ EM: OS SUBTERRÂNEOS DA LIBERDADE, GABRIELA, CRAVO E CANELA, DONA FLOR E SEUS DOIS MARIDOS, TENDA DOS MILAGRES, TEREZA BATISTA CANSADA DE GUERRA, FARDA, FARDÃO, CAMISOLA DE DORMIR E O SUMIÇO DA SANTA.

VATAPÁ
SERVE 10 PESSOAS

PARA O CALDO DE CABEÇA DE PEIXE
TEMPO DE PREPARO: 20 MINUTOS + 20 MINUTOS PARA COZINHAR

1 cabeça de peixe, como de namorado
2 cebolas grandes
3 dentes de alho
2 tomates grandes
1 maço de coentro
caldo de 1 limão
1 pitada de sal
¼ de colher (chá) de cominho
1 xícara (chá) de água
2 pimentas-de-cheiro

1. Descasque e pique grosseiramente as cebolas e os dentes de alho. Lave, seque e corte os tomates em quatro partes. Lave e seque o maço de coentro, retire as folhas e descarte os talos. Meça 1 xícara (chá) de folhas, pressionando bem. →

Pedro Archanjo foi completamente absorvido pelas comemorações de seus cinquenta anos: sucessão ininterrupta de carurus, "dona Fernanda e seu Mané Lima mandam convidar o senhor para o caruru que dão no domingo pra seu Archanjo", de batucadas, rodas de samba, encontros, reuniões, comilanças e pileques, todos queriam celebrá-lo.

TENDA DOS MILAGRES

2. No liquidificador, junte a cebola, o alho, o tomate, o coentro, o caldo do limão e tempere com sal e cominho. Regue com a água e bata apenas para triturar os ingredientes grosseiramente.

3. Numa panela, coloque a cabeça do peixe, as pimentas-de-cheiro inteiras e regue com a marinada. Leve ao fogo médio e, quando começar a borbulhar, tampe a panela e baixe o fogo. Deixe cozinhar por 20 minutos.

4. Desligue o fogo e passe o caldo pela peneira. Reserve. Coloque a cabeça do peixe numa tábua e, com um garfo, retire toda a carne.

5. No liquidificador, bata a carne com o caldo. Transfira para uma tigela, cubra com filme e leve à geladeira.

PARA O VATAPÁ
TEMPO DE PREPARO: 30 MINUTOS + 20 MINUTOS PARA COZINHAR

1 kg de pão francês amanhecido (compre no dia anterior)
3 xícaras (chá) de água
3 cebolas
3 colheres (sopa) de gengibre ralado
300 g de camarão seco
1 ½ xícara (chá) de amendoim cru, sem pele
1 ¾ de xícara (chá) de castanha-de-caju torrada
2 xícaras (chá) de leite de coco (grosso)
2 xícaras (chá) de azeite de dendê
sal a gosto

1. Numa tábua, corte os pães em fatias. Transfira para uma tigela bem grande e regue com as 3 xícaras (chá) de água.

2. Enquanto isso, descasque e pique fininho as cebolas. Descasque e rale o gengibre. Reserve.

3. No processador de alimentos ou liquidificador, triture metade do camarão seco e transfira para uma tigela.

4. No mesmo processador de alimentos ou liquidificador (não precisa limpar depois de processar o camarão), bata o amendoim e a castanha-de-caju com 1 xícara (chá) de leite de coco. Transfira para outro recipiente.

5. No processador de alimentos ou liquidificador (ainda não precisa lavar!), coloque o quanto couber de pão amolecido (sem lotar) e bata até formar uma papa lisa. Transfira para um recipiente e repita o procedimento com o restante do pão.

6. Numa panela grande, leve o azeite de dendê ao fogo médio. Quando aquecer, refogue a cebola e o camarão seco triturado, mexendo sempre. Assim que a cebola murchar, após cerca de 5 minutos, junte a papa de pão e misture bem.

7. Junte à panela a pasta de castanhas, o camarão seco inteiro (reserve alguns para decorar), o gengibre ralado, o caldo de peixe e o leite de coco restante. Vá mexendo, até a mistura começar a soltar do fundo da panela. Caso passe do ponto, regue com um pouco de água fervente. Verifique o sabor e, se necessário, acerte o sal.

8. Transfira para o recipiente onde o vatapá será levado à mesa, regue com 1 colher (sopa) de azeite de dendê e decore com algumas folhas de coentro e 3 ou 4 camarões. Sirva com arroz e farofa de dendê.

Obs.: Como diz o Caymmi na sua canção: "Não pare de mexer; que é pra não embolar".

Às quartas

Amalá é como se chama o caruru no candomblé. Alimento predileto de Xangô e de sua mãe Bayani, tem dia certo para ser preparado: quarta-feira. Pedro Archanjo — Ojuobá, os olhos de Xangô — vai toda quarta ao candomblé da Casa Branca saudar o santo e comer o amalá. Em *Tocaia Grande*, Tição Abduim reverencia Xangô, seu pai; o amalá é preparado pela iabassê Ressu.

Nanã Buruku também gosta de caruru, mas sem azeite e bem temperado. Com os Ibejis, as divindades gêmeas da mitologia iorubá, é como já foi dito: os santos são festejados no mês de setembro e a festa recebe o nome do prato, Caruru de Cosme e Damião.

COME-SE CARURU EM: Gabriela, cravo e canela, Os pastores da noite, Dona Flor e seus dois maridos, Tenda dos Milagres, Tereza Batista cansada de guerra, Farda, fardão, camisola de dormir, Tocaia Grande e O sumiço da santa.

COME-SE CARURU DE FOLHA EM: Dona Flor e seus dois maridos.

CARURU

SERVE 6 PESSOAS
TEMPO DE PREPARO: 20 MINUTOS + 45 MINUTOS NA PANELA

600 g de quiabo
1 colher (sopa) de vinagre
1 cebola
2 colheres (sopa) de azeite de dendê
½ xícara (chá) de camarão seco
1 xícara (chá) de amendoim sem casca
1 ¼ de xícara (chá) de castanha-de-caju torrada
1 ½ xícara (chá) de água
2 colheres (sopa) de gengibre ralado
sal a gosto

1. Numa tigela grande, coloque o quiabo, cubra com água e 1 colher (sopa) de vinagre e deixe de molho por 10 minutos. Retire o quiabo e espalhe num pano de prato limpo para secar. Enquanto isso, descasque e pique fino a cebola.
2. Numa tábua, corte e dispense o topo do quiabo. No sentido do comprimento, corte o legume em quatro partes; mantenha as partes juntas e fatie.
3. Leve uma panela ao fogo médio. Quando aquecer, junte o azeite de dendê e refogue a cebola por 5 minutos. Junte os cubinhos de quiabo, tempere com sal e refogue por 15 minutos, mexendo de vez em quando.
4. Enquanto isso, no liquidificador, bata metade do camarão seco com o amendoim, a castanha e ½ xícara (chá) de água, até formar uma pasta.
5. Depois dos 15 minutos, junte ao quiabo a pasta de camarão, os camarões inteiros, o gengibre ralado, o restante da água e misture bem. Abaixe o fogo, tampe a panela e deixe cozinhar por mais 30 minutos, mexendo sempre para não queimar. Verifique o sabor e, se necessário, tempere com sal. Sirva bem quente.

Obs.: Ao contrário do que muitos pensam, no caruru não entra leite de coco.

Os mais renitentes — ele, Giovanni, Anacreon, Mirabeau Sampaio, Meia Porção, o negro Arigof, elegante como um príncipe de romance russo — saíam em grupo para a Rampa do Mercado, as Sete Portas, a casa de Andreza, para um frege-mosca qualquer onde houvesse um caruru de folhas, um vatapá de peixe, cerveja gelada, cachaça pura.

DONA FLOR E SEUS DOIS MARIDOS

Criticou comidas baianas, indignas,
segundo ele, de estômagos delicados.
Criando logo profundas antipatias.
O doutor saltara em defesa do vatapá,
do caruru, do efó.
— Sujeitinho armado em besta —
sussurrou.
    Gabriela, cravo e canela

Come-se efó em: Gabriela, cravo e canela, Dona Flor e seus dois maridos, Tenda dos Milagres, Tereza Batista cansada de guerra, Farda, fardão, camisola de dormir e O sumiço da santa.

EFÓ

Serve 6 pessoas

---

    2 molhos grandes de taioba
    2 cebolas
    300 g de camarão seco
    250 g de amendoim
    250 g de castanha-de-caju
    1 copo de leite de coco grosso
    1 copo de leite de coco ralo
    1 xícara (chá) de azeite de dendê
    1 colher (sopa) de azeite de oliva
    sal a gosto

Obs.: *A taioba pode ser substituída por outra folha, como a língua-de-vaca, o espinafre ou a bertalha.*

1. Lave as folhas de taioba.
2. Coloque-as numa panela com um pouco de água e afervente para que murchem.
3. Escorra bem para que as folhas não fiquem molhadas.
4. Sobre um tábua, com uma faca, bata as folhas para que fiquem bem desfeitas.
5. Pique as cebolas bem miudinho ou passe no liquidificador.
6. Moa metade do camarão seco ou passe no liquidificador.
7. Numa panela, coloque o azeite de dendê para aquecer e nele refogue a cebola picada e o camarão seco moído.
8. Junte a taioba ao refogado, mexendo com uma colher de pau.
9. Tempere com sal.
10. Coloque o leite de coco grosso, o azeite de oliva e os camarões secos inteiros. Continue mexendo.
11. Bata no liquidificador o amendoim e a castanha-de-caju com um pouco de leite de coco ralo e junte também ao efó.
12. Mexa o tempo todo.
13. Quando abrir fervura, cozinhe por mais 10 minutos e retire do fogo.

Iguaria rara

O quitandê é muito pouco conhecido. Mesmo em *Tereza Batista cansada de guerra* e *O sumiço da santa* ele não é servido aos personagens, mas citado como raridade. Maria Sepúlveda é a autora da receita a seguir. Foi na casa do pai dela, Nestor Duarte, que comi um quitandê, há mais de quatro décadas, pela primeira e única vez. Maria, excelente cozinheira, cuidou de preservar o nosso patrimônio, transmitindo sem reservas receitas raras da culinária baiana.

FALA-SE EM QUITANDÊ EM: Tereza Batista cansada de guerra e O sumiço da santa.

QUITANDÊ
SEGUNDO RECEITA DE MARIA SEPÚLVEDA
SERVE 8 PESSOAS
TEMPO DE PREPARO: 12 HORAS DE MOLHO + 40 MINUTOS + 15 MINUTOS NA PANELA

500 g de feijão-fradinho
1 xícara (chá) de camarão seco
1 cebola pequena
3 dentes de alho
½ xícara (chá) de folhas de coentro
1 xícara (chá) de amendoim
¼ de xícara (chá) azeite de dendê
1 colher (chá) de gengibre fresco ralado
sal a gosto

NA VÉSPERA
Coloque o feijão-fradinho numa tigela, cubra com água e leve à geladeira por 12 horas.

1. Preaqueça o forno a 160 °C (temperatura baixa).
2. Espalhe os camarões secos numa assadeira grande, deixando espaço entre eles. Leve ao forno para assar por 30 minutos e, de vez em quando, chacoalhe a assadeira.

Nada disso acontecia na pátria feliz sob a égide dos generais e coronéis, a acreditar-se na leitura dos jornais. Alguns deles preenchiam os espaços em branco, devido ao corte de matérias palpitantes, com a publicação de receitas de cozinha — O Estado de S. Paulo estampou no meio da primeira página uma receita de quitandê, prato baiano pouco conhecido —, de poemas, baladas, odes e sonetos de poetas clássicos, cantos de Os lusíadas*. Os leitores entendiam e alvoroçavam-se, tentando adivinhar o que sucedera no país.*

O SUMIÇO DA SANTA

3. Escorra a água do feijão e transfira os grãos para uma panela de pressão. Cubra com água, tempere com sal e leve para cozinhar. Quando começar a apitar, conte 20 minutos. Desligue e espere toda a pressão sair para abrir a tampa. Se quiser acelerar, coloque a panela sob água corrente fria ou levante a válvula com um garfo — mas saiba que isso costuma encurtar a vida útil da panela.
4. Enquanto o feijão cozinha, pique fino a cebola, o alho e o coentro. Reserve.
5. Reserve ½ xícara (chá) do caldo do cozimento do feijão e escorra o restante.
6. Bata ⅔ do feijão cozido em um processador de alimentos (ou liquidificador); e o restante, amasse com um garfo. Coloque os dois feijões numa tigela e misture bem.
7. No liquidificador, bata o amendoim e o camarão seco com o caldo do feijão reservado.
8. Leve uma panela com o azeite de dendê ao fogo médio. Quando aquecer, junte os temperos picados e refogue até murcharem.
9. Adicione a pasta de amendoim e camarão, tempere com o gengibre ralado e sal a gosto. Refogue, mexendo bem, por 3 minutos.
10. Junte o feijão e refogue por mais 10 minutos, mexendo sempre.
11. Desligue o fogo e regue com 1 colher (chá) de azeite de dendê. Sirva com arroz branco.

Acompanhamento ideal

Acaçá é um ótimo acompanhamento para comida de azeite. Quando puro, é prato da predileção de Oxalá, que não suporta temperos e azeite de dendê.

COME-SE ACAÇÁ EM: Cacau, Dona Flor e seus dois maridos, Tenda dos Milagres e O sumiço da santa.

Dr. Teodoro é de Oxalá, logo se vê pelo modo sério e pela compostura. Quando está luzindo terno branco e leva seu fagote igual a um paxorô, parece Oxolufã, Oxalá velho, o maior dos orixás, o pai de todos. Suas comidas são ojojó de inhame, ebó de milho branco, catassol e acaçá.

Dona Flor e seus dois maridos

ACAÇÁ

SERVE 6 PESSOAS

-----------------================----------------==------

½ kg de milho branco debulhado
folhas de bananeira

1. Coloque de véspera o milho de molho em água para amolecer.
2. Passe o milho pela máquina de moer carne ou bata no liquidificador.
3. Coloque outra vez de molho até o dia seguinte. O milho deve azedar.
4. Despeje o milho com água numa panela e leve ao fogo, mexendo sempre, até formar um angu consistente.
5. Passe as folhas de bananeira rapidamente no fogo para amolecer ou deixe-as por uns minutos em água fervendo.
6. Enrole porções desse angu em quadrados de folha de bananeira de mais ou menos 20 cm × 20 cm. Sirva frio.

FAROFA DE DENDÊ

SEGUNDO RECEITA DE DONA MARIA
SERVE 10 PESSOAS
TEMPO DE PREPARO: 15 MINUTOS

1 kg de farinha de mandioca
1 ½ xícara (chá) de azeite de dendê
2 cebolas grandes
½ xícara (chá) de camarão seco
sal a gosto

1. Numa tábua, pique fino as cebolas e, depois, os camarões.
2. Leve uma frigideira ao fogo médio e aqueça o azeite de dendê. Adicione as cebolas e refogue até murchar.
3. Junte a farinha de mandioca e o camarão seco, mexendo bem por cerca de 5 minutos para tostar, sem deixar queimar.
4. Verifique o sabor e, se quiser, tempere com sal. Misture bem e sirva a seguir.

Explosão de calor

Carybé, o grande pintor baiano, que tive a felicidade de ter por padrinho, uma vez me ensinou a fazer uma conserva de pimenta com gim, cujo truque era não lavar a pimenta de jeito nenhum. Eu fiz e ficou uma delícia. Escrevendo o livro, pedi que me recordasse a receita, e ele me mandou mais duas de presente. Uma delas falava em colocar pimentas-malaguetas numa panela de pressão, com pouquíssima água, até reduzir a um extrato. Discutimos o assunto: eu sustentando que a panela ia explodir; ele me garantindo que, se eu pusesse mais um dedinho de água, não explodia e ficava uma maravilha. Temendo acidentes, resolvi não colocar a receita no livro, mas se alguém desejar se aventurar, por sua única e exclusiva responsabilidade, as indicações são: a esse extrato de pimenta obtido na pressão mistura-se cebola, alho, coentro e pimenta crua, tudo devidamente amassado num pilãozinho. Junta-se, no final, caldo de limão. Pode ser que a panela de pressão não exploda, mas quem comer do molho...

COME-SE MOLHO DE PIMENTA EM: Suor, Gabriela, cravo e canela, Dona Flor e seus dois maridos e O sumiço da santa. MAS FALA-SE EM PIMENTA TAMBÉM EM: A morte e a morte de Quincas Berro Dágua, Tenda dos Milagres, Tereza Batista cansada de guerra, Tieta do Agreste e Tocaia Grande.

Danilo, que relutara em vir à mesa, não resistiu, atirou-se às moquecas com disposição voraz e abundância de pimenta, comeu de se fartar [...].

O SUMIÇO DA SANTA

MOLHO DE PIMENTA PARA COMIDA DE AZEITE
RENDE 500 ML
TEMPO DE PREPARO: 10 MINUTOS + 30 MINUTOS NO FOGO

¾ de xícara (chá) de pimenta-malagueta
¼ de xícara (chá) de pimenta-de-cheiro
1 xícara (chá) de camarão seco
1 xícara (chá) de azeite de dendê
sal a gosto

1. Aqueça o forno a 160 ºC (temperatura baixa).
2. Espalhe os camarões secos numa assadeira grande, deixando espaço entre eles. Leve ao forno para assar por 30 minutos e, de vez em quando, chacoalhe a assadeira.
3. Enquanto o camarão torra, higienize as pimentas-malagueta, passando um pano de prato limpo e úmido. Deixe secar completamente e, com uma faca de legumes, descarte os cabinhos, pois amargam o molho.
4. Retire o camarão do forno, transfira para um pilão e junte as pimentas. Soque até triturar. Se preferir, bata no liquidificador.
5. Leve uma panela com o azeite de dendê ao fogo médio. Quando aquecer, junte o camarão triturado com as pimentas. Refogue por 5 minutos e, se quiser, tempere com sal. Sirva a seguir.

CONSERVA DE PIMENTA COM GIM
RENDE 500 ML
TEMPO DE PREPARO: 10 MINUTOS + 1 MÊS PARA MACERAR

1 xícara (chá) de pimenta-malagueta
2 xícaras (chá) de gim

1. Higienize as pimentas-malagueta, passando um pano de prato limpo e úmido. Deixe secar completamente.
2. Com uma faca de legumes, retire os cabinhos e transfira as pimentas para um pote de vidro esterilizado e com tampa que comporte 750 ml.
3. Regue com gim, tampe e deixe macerar por um mês, antes de servir.

E como iria ele viver sem o almoço e o jantar de Gabriela, os pratos perfumados, os molhos escuros de pimenta, o cuscuz pela manhã?

GABRIELA, CRAVO E CANELA

MOLHO DE PIMENTA COM COCO

SEGUNDO RECEITA DE NANCY
RENDE 350 ML
TEMPO DE PREPARO: 10 MINUTOS

¼ de xícara (chá) de coco fresco ralado
½ xícara (chá) de pimenta-malagueta
¼ de cebola
1 dente de alho descascado
caldo de ½ limão
1 colher (chá) de sal
½ xícara (chá) de folhas de coentro
1 colher (chá) de gengibre ralado
¾ de xícara (chá) de azeite

1. No copo do liquidificador junte a pimenta, a cebola, o alho, o caldo de limão, o sal, o coentro, o gengibre e o azeite. Bata até formar um molho liso.
2. Transfira o molho para uma tigela média e junte o coco fresco ralado. Misture delicadamente com uma colher e está pronto para servir.

Gosto de comer sentado na mesa. Nesse troço americano que vocês inventaram agora, fica todo mundo cercando a mesa, e eu, que sou encabulado, acabo comendo as sobras; quando vou me servir já comeram toda a frigideira; só tem a asa de peru, o peito já se foi.

Dona Flor e seus dois maridos

Das frigideiras

Prato delicioso, fácil de preparar, sempre presente na mesa baiana, a frigideira é um refogado que se apurou bem, coberto por ovos batidos. Usando a base de uma dessas receitas que seguem, alterando apenas o ingrediente principal, obtém-se uma deliciosa frigideira de ova de peixe, de siri catado ou de carne com chuchu. Faz-se frigideira de tudo na Bahia! Dona Maria, a grande mestra, criou uma frigideira de tirar o chapéu, misturando repolho, camarão seco e coco ralado.

A frigideira é polivalente: serve como prato principal, para comer com arroz ou uma farofa de manteiga bem torradinha, e também como lanche rápido ou tira-gosto. Assada num prato de barro, é servida em fatias, acompanhando as comidas de azeite. Feita numa assadeira, é cortada em quadrados e pode ser levada num piquenique ou vendida pela baiana numa festa de largo. Bom petisco para ser servido nos saveiros que saem nas festas marítimas — no Dois de Fevereiro ou na Procissão de Senhor dos Navegantes — ou para um passeio com os amigos pela Baía de Todos-os-Santos. Ah, e vai muito bem com cerveja gelada ou batida de fruta, para dar animação e forças.

Miscigenação

Segundo Manuel Querino, à frigideira de bacalhau, de origem portuguesa, o africano (que se ocupava da cozinha na casa do senhor) acrescentou leite de coco. E fez mais: substituiu o bacalhau pela castanha verde do cajueiro — o maturi, produto bem brasileiro — e também pelo broto do dendezeiro e da carnaúba. Interferir na cozinha portuguesa, substituindo e acrescentando ingredientes, foi essencial para a culinária baiana: uma mistura benfeita da indígena, da africana e da portuguesa.

COME-SE FRIGIDEIRA DE BACALHAU EM: Gabriela, cravo e canela.

FRIGIDEIRA DE BACALHAU
SERVE 8 PESSOAS
TEMPO DE PREPARO: 24 HORAS PARA DESSALGAR + 40 MINUTOS + 20 MINUTOS NO FORNO

1 kg de lombo de bacalhau sem pele e sem espinha
3 batatas
3 cebolas
3 dentes de alho
2 tomates
1 pimentão vermelho
1 xícara (chá) de folhas de coentro (meça pressionando na xícara)
4 colheres (sopa) de azeite de oliva
1 xícara (chá) de leite de coco
1 pitada de farinha de trigo
6 ovos
8 azeitonas verdes sem caroço
sal a gosto

NA VÉSPERA
Numa tigela grande, coloque o bacalhau e cubra com água. Leve à geladeira e deixe de molho por 8 horas. Troque a água e volte a tigela à geladeira por mais 8 horas. Repita o procedimento mais uma vez. No total, essa dessalgação leva 24 horas, com três trocas de água.

→

Um detalhe aparentemente sem importância: os acarajés, os abarás, os bolinhos de mandioca e puba, as frigideiras de siri-mole, de camarão e bacalhau, os doces de aipim, de milho. Tinha sido ideia de João Fulgêncio.

GABRIELA, CRAVO E CANELA

1. Escorra a água e transfira o bacalhau para uma panela grande. Cubra com água fresca e leve ao fogo médio. Quando começar a ferver, deixe cozinhar por 10 minutos. Prove o bacalhau e, se ainda estiver salgado, troque a água e leve para cozinhar por mais 10 minutos.

2. Enquanto isso, descasque e corte as batatas em cubos pequenos, de cerca de 2,5 cm.

3. Retire o bacalhau da panela e transfira para uma tigela. Na mesma água em que ele foi cozido, coloque as batatas e deixe cozinhar por 7 minutos, em fogo médio. Escorra a água e reserve os cubinhos.

4. Com as mãos, faça lascas rústicas no bacalhau ainda morno. Reserve.

5. Prepare os demais ingredientes: descasque e pique fino as cebolas e os dentes de alho; corte em cubinhos os tomates e o pimentão vermelho, descartando as sementes; lave e seque bem as folhas de coentro e pique grosseiramente.

6. Preaqueça o forno a 180 °C (temperatura média). Unte com 1 colher (sopa) de azeite um refratário redondo de cerca de 30 cm de diâmetro.

7. Leve ao fogo médio uma panela grande com o restante do azeite. Quando aquecer, refogue a cebola até ficar transparente. Junte o bacalhau e misture por 3 minutos. Acrescente o alho, o tomate, o pimentão e o coentro, refogando por mais 4 minutos. Verifique o sabor e, se for necessário, tempere com sal.

8. Regue o refogado com o leite de coco, salpique uma pitada de farinha de trigo e mexa bem. Junte os cubos de batata e misture delicadamente para não desmanchar. Tampe a panela e abaixe o fogo.

9. Numa tigela, quebre os ovos e bata com um garfo, apenas para misturar as claras com as gemas — não bata demasiadamente, pois o resultado será uma frigideira dura. Junte ao refogado de bacalhau cerca de ⅓ dos ovos batidos e misture delicadamente. Desligue o fogo.

10. Transfira o refogado para o refratário untado. Regue com o restante dos ovos batidos (não precisa misturar), espalhe as azeitonas e leve ao forno preaquecido para assar por 20 minutos ou até dourar. Sirva a seguir.

Fogareiro *também* vale

Antigamente, cozinhava-se em fogão a lenha nas casas ricas e em fogareiros a carvão nas casas pobres. Mas como fazer uma comida de forno, caso da frigideira, sobre um fogareiro? Parece impossível, mas não é: a frigideira é colocada numa assadeira redonda e sobre ela vai uma espécie de tampa com borda para cima, onde se coloca o carvão em brasa. Dessa maneira, o ovo batido cresce e fica dourado. Uma vez fui assistir a uma festa do Divino Espírito Santo em Alcântara, no Maranhão, e vi fazerem tortas — que é o mesmo que frigideira — de camarão seco em fogareiros colocados em frente das casas, com suas tampas cheias de brasas. É gostoso de comer e bonito de se ver fazer.

COME-SE FRIGIDEIRA DE CAMARÃO EM: Gabriela, cravo e canela e O sumiço da santa.

FRIGIDEIRA DE CAMARÃO
SERVE 6 PESSOAS
TEMPO DE PREPARO: 40 MINUTOS + 20 MINUTOS PARA DOURAR

1 kg de camarão médio fresco, sem cabeça e descascado
(peça ao peixeiro as cascas e as cabeças, pois serão usadas para fazer o caldo)
⅓ de xícara (chá) de camarão seco
caldo de 2 limões
2 cebolas pequenas
3 dentes de alho
1 tomate
1 pimentão
½ xícara (chá) de folhas de coentro
4 colheres (sopa) de azeite
1 xícara (chá) de leite de coco
1 colher (chá) de farinha de trigo
6 ovos
⅓ de xícara (chá) de azeitona verde
sal e pimenta-do-reino moída na hora

→

1. Numa tigela, coloque o camarão seco, cubra com água e deixe de molho enquanto prepara os outros ingredientes.
2. Sob água corrente, lave o camarão fresco com cuidado. Transfira para uma tigela média e regue com o caldo de limão. Cubra com filme e leve à geladeira. Lave também as cabeças e as cascas.
3. Leve uma panela grande com 1 colher (sopa) de azeite ao fogo médio. Quando aquecer, junte as cascas e as cabeças do camarão e refogue até ficarem alaranjadas. Junte 3 xícaras (chá) de água e deixe cozinhar por 30 minutos. Desligue o fogo e coe o caldo.
4. Enquanto o caldo cozinha, prepare os temperos: descasque e pique fino a cebola e os dentes de alho; corte o topo do pimentão, descarte as sementes e pique fino. Corte o tomate em metades, retire as sementes e corte em cubinhos. Pique fino as folhas de coentro.
5. Escorra a água e transfira o camarão seco para o liquidificador. Bata até virar uma pasta.
6. Preaqueça o forno a 180 ºC (temperatura média) e unte com 1 colher (sopa) de azeite um refratário redondo de cerca de 30 cm de diâmetro.
7. Leve uma panela com 2 colheres (sopa) de azeite ao fogo médio. Quando aquecer, junte a cebola e refogue por cerca de 3 minutos, até ficar transparente. Adicione o camarão fresco e a pasta de camarão seco, refogando por mais 2 minutos. Acrescente o tomate, o pimentão e o alho. Tempere com sal e pimenta-do-reino e refogue até perfumar, cerca de 3 minutos. Salpique o coentro, polvilhe a farinha de trigo e misture bem.
8. Junte o caldo de camarão à panela e deixe cozinhar em fogo médio até secar. Abaixe o fogo, acrescente o leite de coco e misture bem. Verifique os temperos: acerte o sal e a pimenta-do-reino.
9. Numa tigela, quebre os ovos e bata com um garfo, apenas para misturar as claras com as gemas — não bata demasiadamente, pois o resultado será uma frigideira dura. Junte ao refogado de camarão cerca de ⅓ dos ovos batidos e misture delicadamente. Desligue o fogo.
10. Transfira o refogado para o refratário. Regue com o restante dos ovos batidos (não precisa misturar). Espalhe as azeitonas e leve ao forno preaquecido para assar por 20 minutos ou até dourar. Sirva a seguir.

No Unhão desfizera o trato com as duas cabrochas acertadas para ajudar Filomena no preparo do jantar da empresa de ônibus. Uma delas, rindo com a boca sem dentes, declarou saber fazer o trivial. A outra nem isso... Acarajé, abará, doces, moquecas e frigideiras de camarão, isso só mesmo Maria de São Jorge... Nacib perguntou aqui e ali, desceu pelo outro lado do morro. Cozinheira em Ilhéus, capaz de assegurar a cozinha de um bar, era coisa difícil, quase impossível.

Gabriela, cravo e canela

Voltaram a andar e Caetano Gunzá, patrão da barcaça Ventania, lhe contou quanto conseguira apurar. Januário comprara um peixe, azeite de dendê, limão, pimenta-malagueta e de-cheiro, coentro, enfim os condimentos todos; cozinheiro de mão-cheia, naquele dia caprichou na moqueca — Caetano sabia por ter comido um pouco, quando, passadas as nove, viu que ela e o compadre não vinham e a fome apertou. Pouco depois das sete, deixando a panela em brando calor de brasas, Januário foi em busca de Tereza dizendo que em meia hora estaria de volta, Caetano não o viu mais. De começo não se alarmou, imaginando tivesse ido o casal a algum passeio ou à sala de dança, sendo Januário amigo de um arrasta-pé. Como disse, às nove fez um prato, comeu mas não tanto quanto quisera pois a essa hora já se sentia apreensivo: abandonando prato e garfo, saiu a procurá-lo mas só obteve notícias bem adiante, perto de uma sorveteria.

[...]

Por volta das duas da madrugada finalmente foi servida a moqueca na popa da barcaça — moqueca de se lamber os beiços; Lulu Santos lambia as espinhas do peixe, preferindo servir-se da cabeça, a parte mais saborosa, a seu ver.

— É por isso que o doutor tem tanto tutano na cachola — considerou mestre Caetano Gunzá, entendido em verdades científicas. — Quem come cabeça de peixe fica inteligente demais, é coisa sabida e provada.

TEREZA BATISTA CANSADA DE GUERRA

Das moquecas

Moqueca de siri-mole era o prato predileto de Vadinho. Uma moqueca de arraia, comida no saveiro de mestre Manuel, feita por Maria Clara, foi a última refeição de Quincas Berro Dágua, antes da tempestade que o levou para o mar. Pé-de-Vento conheceu uma mulher cujo beijo tinha gosto de moqueca de camarão.

Há uma unanimidade no gostar de moqueca — e muitos são os especialistas no seu preparo. Quem são esses abençoados? Pedro Archanjo era ótimo cozinheiro, "sua moqueca de arraia considerada sublime". Tereza Batista come moqueca de peixe feita por Januário Gereba, seu amor, um "cozinheiro de mão-cheia", e aprende a fazer moqueca de sururu, prato alagoano, com a velha Eulina. Pé-de-Vento era "batuta numa moqueca de peixe", moqueca sua "era de lamber-se os beiços". Dona Laura, mulher do comandante Dário, faz uma moqueca de peixe para recepcionar Tieta, no seu regresso para Santana do Agreste. Guloso da comida de Gabriela, autora de moquecas inesquecíveis, foi em casa de Maria Machadão que Nacib comeu uma "moqueca de siri-mole divina" — quem a teria feito? Sobre Dona Flor nem se precisa falar: perfeita em todas as qualidades de moqueca, faz uma de peixe extraordinária para o aniversário de seu Sampaio; é dela a receita de moqueca de siri-mole encontrada neste capítulo.

Há restaurantes baianos especialistas no prato; aproveito para relembrar alguns que gostávamos de frequentar em família.

A isso, aos beijos, se referia Curió ao falar em olhos levantados para a proibida mulher do amigo. De outras coisas não se acusava, por outras coisas não era culpado ante o amigo. Se merecia a morte era por esses poucos beijos, mas valia a pena morrer pelo gosto da boca de Marialva.

Só então, em verdade, interessou-se Pé-de-Vento por todo aquele assunto. Gosto? Que gosto? Qual era o gosto da boca dessa dona? Ele, Pé-de-Vento, conhecera uma mulher, noutros tempos, cujo beijo tinha gosto de moqueca de camarão, coisa sensacional. Andara lhe dando uns baques mas ela sumira e nunca mais ele voltara a encontrar o mesmo gosto na boca de outra. Como era o gosto do beijo de Marialva?

OS PASTORES DA NOITE

A moqueca *do* Leonel

"Magnífica" era o adjetivo que Jorge Amado usava ao falar da qualidade da comida servida por Leonel no seu restaurante Bargaço. Antes de chegar na moqueca de camarão, pode-se pedir, por exemplo, pitus, lagostins ou lagostas. Lembro-me de que eles vinham apenas cozidos, o gosto ressaltado pela qualidade dos crustáceos e pelo ponto certo do cozimento.

COME-SE MOQUECA DE CAMARÃO EM: Dona Flor e seus dois maridos, Os pastores da noite e O sumiço da santa.

MOQUECA DE CAMARÃO
SERVE 6 PESSOAS
TEMPO DE PREPARO: 30 MINUTOS + 20 MINUTOS DE COZIMENTO

PARA O CAMARÃO

1 kg de camarão grande (peça na peixaria para retirar as cabeças e cascas)

1 cebola

1 tomate

3 dentes de alho

1 xícara (chá) de folhas de coentro (meça pressionando na xícara)

½ pimentão verde

caldo de 3 limões

2 colheres (chá) de sal

1. Numa tábua, corte o pimentão ao meio, na horizontal, e descarte as sementes (a outra metade será usada em rodelas na moqueca). Descasque os dentes de alho e a cebola. Corte o tomate ao meio. Lave e seque as folhas de coentro.

2. Num processador de alimentos, bata todos os ingredientes listados (menos o camarão), até formar uma pasta lisa. Se preferir, use o liquidificador: bata primeiro a cebola com o caldo de limão; junte o tomate, o pimentão, o alho, o sal e, por último, o coentro — bata bem entre cada adição e coloque o coentro em duas ou três etapas. Você pode ainda picar tudo bem fininho numa tábua e misturar numa tigela com o caldo de limão e o sal, que é a maneira tradicional.

3. Sob água corrente, lave o camarão e seque delicadamente com um pano de prato limpo. Coloque numa tigela grande e cubra com a marinada, envolvendo bem o camarão. Cubra com filme e leve à geladeira por 20 minutos, enquanto prepara os outros ingredientes.

PARA A MOQUECA

2 tomates
1 cebola grande
½ pimentão verde
½ xícara (chá) de azeite de oliva
1 xícara (chá) de azeite de dendê
1 xícara (chá) de leite de coco
3 pimentas-de-cheiro inteiras

1. Lave e seque os tomates, o pimentão e as pimentas-de-cheiro. Descasque as cebolas. Corte os legumes (cebola, pimentão e tomate) em rodelas de cerca de 1 cm.

2. Numa panela de barro grande, acomode o camarão e regue com toda a marinada. Cubra com as rodelas de cebola, tomate e pimentão, junte as pimentas-de-cheiro inteiras e regue com os azeites.

3. Tampe a panela e leve ao fogo baixo. Depois de 5 minutos, verifique se já está fervendo. Quando começar a ferver, deixe cozinhar por 15 minutos, regando com o caldo da própria moqueca de vez em quando. (E não se esqueça de tampar a panela de volta!)

4. Por fim, regue com o leite de coco num movimento circular e deixe cozinhar por mais 2 minutos. Sirva a seguir.

MOQUECA DE PEIXE

SERVE 6 PESSOAS
TEMPO DE PREPARO: 2 HORAS

PARA A MARINADA DO PEIXE

1 namorado de 2 kg cortado em postas (se quiser, peça à peixaria a cabeça e o rabo do peixe) ou 6 postas do peixe branco que preferir, como robalo, vermelho ou garoupa
1 cebola
1 pimentão verde
1 tomate
3 dentes de alho
2 xícaras (chá) de folhas de coentro (meça pressionando)
caldo de 3 limões
1 colher (sopa) de vinagre
1 ½ colher (sopa) de sal

1. Sob água corrente, lave o peixe, seque delicadamente com um pano de prato limpo e passe para uma tigela. Cubra com filme e leve à geladeira.
2. Lave e deixe de molho em água e 1 colher (sopa) de vinagre o maço de coentro, antes de retirar o talo e medir as 2 xícaras (chá) de folhas. Cerca de 10 minutos para o molho são suficientes para higienizar. Retire o maço (em vez de escorrer a água), assim as sujeirinhas ficam no fundo da tigela.
3. Numa tábua, corte o pimentão ao meio e descarte as sementes. Descasque os dentes de alho e as cebolas. Corte os tomates ao meio.
4. Num processador de alimentos, bata todos os ingredientes listados (menos o peixe), até formar uma pasta lisa. Se preferir, pique tudo bem fininho numa tábua e misture numa tigela com o limão e o sal.
5. Tempere o peixe com a marinada, envolvendo bem todos os pedaços. Cubra com filme e deixe descansar na geladeira, enquanto prepara os outros ingredientes. →

Um charuto era bom após um almoço de verdade, regado com bom vinho, uma moqueca de peixe, por exemplo, como aquelas que se comiam na Fazenda dos Macacos — voltava a falar para Rui —, o peixe fresquinho pescado no rio pouco antes, o molho de leite de coco bem-feito, isso sim. Depois acender o charuto e não pensar em nada...

São Jorge dos Ilhéus

PARA A MOQUECA

2 cebolas
1 pimentão verde
2 tomates maduros
½ xícara (chá) de azeite
½ xícara (chá) de azeite de dendê
1 pimenta-de-cheiro
2 xícaras (chá) de leite de coco grosso

1. Lave e seque os tomates, o pimentão e a pimenta-de-cheiro. Descasque as cebolas. Corte o topo do pimentão e descarte as sementes. Corte os legumes (cebola, pimentão e tomate) em rodelas de 2 cm. Corte a pimenta em metades, raspe as sementes com uma faquinha e pique fino.

2. Numa panela de barro grande, arrume as postas de peixe formando um círculo (se estiver usando a cabeça e o rabo, acomode as partes no meio da panela). Junte toda a marinada que sobrou na tigela. Cubra com as rodelas de cebola, tomate e pimentão. Salpique a pimenta-de-cheiro. Regue com os dois azeites.

3. Tampe a panela e leve ao fogo baixo. Depois de 15 minutos, verifique se já está fervendo. Quando começar a ferver, deixe cozinhar por 40 minutos, regando com o caldo da própria moqueca de vez em quando. (E não se esqueça de tampar a panela novamente.)

4. Por fim, junte o leite de coco e deixe cozinhar por mais 2 minutos. Sirva a seguir.

COME-SE MOQUECA DE PEIXE EM: SÃO JORGE DOS ILHÉUS, SEARA VERMELHA, GABRIELA, CRAVO E CANELA, A MORTE E A MORTE DE QUINCAS BERRO DÁGUA, OS PASTORES DA NOITE, DONA FLOR E SEUS DOIS MARIDOS, TENDA DOS MILAGRES, TEREZA BATISTA CANSADA DE GUERRA, TIETA DO AGRESTE, TOCAIA GRANDE E O SUMIÇO DA SANTA.

Pé-de-Vento cozinhava bem, era batuta numa moqueca de peixe, robalos, vermelhos, carapebas e garoupas, pescadas por ele mesmo. Quantas vezes não levava de presente para Tibéria ou para mestre Manuel peixes grandes de quatro e cinco quilos ou enfiadas de sardinhas, polvos, arraias? E ia cozinhar a moqueca, movimentando-se no saveiro de Manuel, sorrindo para Maria Clara, ou cercado pelas raparigas na grande cozinha do castelo de Tibéria. Peixada feita por Pé-de-Vento era de lamber-se os beiços.

OS PASTORES DA NOITE

Deviam estar todos espalhados pelas ruas da cidade, cavando o jantar. Os três saíram novamente e foram comer num restaurante barato que havia no mercado.

[...]

— *Hoje nós vai fazer gasto.*

Foi um argumento suficiente. O garçom começou a trazer os pratos: um prato de sarapatel e depois uma feijoada. Quem pagou foi o Gato.

CAPITÃES DA AREIA

Da rampa *do* mercado

Os pratos a seguir são aqueles substanciosos, que sozinhos fazem a festa. Chamei o capítulo de "Da rampa do mercado" porque eram estes pratos — menos o cozido — que os trabalhadores do porto de Salvador encontravam no caminhão estacionado em frente ao Mercado Modelo, quando chegavam para iniciar sua dura jornada às cinco da manhã — isso era nos anos 1960. A comida que lhes dava energia para iniciar o dia era a mesma que eu e minha turma — Maria Sampaio, Nanan e Gilberto Veiga, entre outros amigos — íamos comer ao sair das festas, para ter forças de voltar para casa e estudar no dia seguinte. A minha pedida era o sarapatel; a feijoada e o mocotó também tinham grande freguesia. Os três, comidos com farinha e muita pimenta, eram servidos em pratos de flandres, com colher de alumínio. Nossa diferença para o pessoal da estiva, com quem confraternizávamos nessa comilança do amanhecer, era a bebida: nossa saideira era com cerveja; eles começavam o dia com uma boa cachacinha.

As mulheres se encarregavam da horta, cultivavam as verduras e os legumes mais consumidos na região: chuchu, quiabo, jiló, maxixe, abóbora. Sia Leocádia explicava:

— Gosto de comer um cozido de sustância... — Costumes de Sergipe, influindo na mesa grapiúna, marcando gosto e preferência.

TOCAIA GRANDE

Mas tem que ter pirão

O cozido permite muitas variações. Basta acrescentar ou retirar verduras e legumes; é só colocar mais carnes gordas ou, ao contrário, somente carnes magras, para que o sabor varie e atenda a todos os paladares.

O tio de dona Flor, tio Porto, gosta de cozido com muita verdura.

Na casa do Rio Vermelho se apreciava o cozido com muita carne-seca, toucinho, paio e carne de fumeiro que não fosse necessariamente gorda, mas que tivesse aquele gostinho das carnes defumadas. Obrigatório mesmo era fazer um belo pirão com o caldo fumegante, aquele que deixava Carybé lambendo os beiços.

COME-SE COZIDO EM: São Jorge dos Ilhéus, Dona Flor e seus dois maridos e Tocaia Grande.

COZIDO
SERVE 6 PESSOAS
TEMPO DE PREPARO: 12 HORAS NA GELADEIRA + 20 MINUTOS + 2 HORAS NA PANELA

PARA O COZIDO

500 g de carne-seca, cortada em cubos grandes
300 g de carne de peito, cortada em cubos grandes
1 linguiça calabresa
1 paio
1 língua defumada
150 g de bacon
1 batata
1 batata-doce
1 mandioca
1 inhame
1 chuchu
2 bananas-da-terra
1 cenoura
2 cebolas
1 tomate
4 jilós
8 quiabos
¼ de abóbora japonesa

1 pimentão verde
10 folhas de couve
5 talos de salsinha
5 ramos de cebolinha
3 folhas de louro
3 dentes de alho

NA VÉSPERA
Numa tigela, coloque a carne-seca e cubra com água fria. Leve à geladeira e deixe de molho por no mínimo 12 horas, trocando a água três ou quatro vezes.

1. Leve uma panela grande e com bastante água ao fogo alto. Enquanto isso, lave todos os legumes.
2. Descasque a batata, a batata-doce, o inhame, a mandioca, a cenoura, as cebolas, a abóbora, as bananas e o chuchu. Corte os legumes e as bananas em pedaços grandes e rústicos. Corte as cebolas ao meio, no sentido do comprimento.
3. Corte e descarte o topo e as sementes do pimentão e do tomate. Corte-os em quatro partes. Descasque os dentes de alho.
4. Lave os quiabos e os jilós, e retire os cabinhos. Com um barbante, amarre os quiabos para que não se separem durante o cozimento.
5. Empilhe e enrole as folhas de couve, formando um charuto, e amarre com um barbante. Arrume um buquê de salsinha, cebolinha e folhas de louro e também amarre com um barbante.
6. Quando a água estiver borbulhando, coloque a carne-seca, a carne de peito, a linguiça calabresa inteira, o paio inteiro, a língua defumada e o bacon. Baixe o fogo para médio e deixe cozinhar por 50 minutos.
7. Depois disso, na mesma panela e com as carnes, vamos cozinhar os legumes em etapas, de acordo com os tempos de cozimento e também com as cores: não queremos deixar a mandioca com cor de tomate! Comece juntando à panela a mandioca, o inhame, a batata e a batata-doce. Deixe cozinhar por 15 minutos e verifique o ponto com um garfo. Retire apenas os legumes com uma escumadeira, transfira para uma assadeira grande e cubra-os com papel-alumínio para não esfriar.
8. Agora é a vez das cebolas, cenoura, abóbora, bananas-da-terra e jilós cozinharem por 10 minutos. Transfira somente a abóbora para a assadeira e conte mais 10 minutos. Retire a cenoura, as bananas e as cebolas. Mantenha o jiló. ⟶

9. Adicione à panela o tomate, o pimentão, os quiabos e cozinhe por 10 minutos. Retire todos os legumes com a escumadeira e junte aos outros, transferindo para a assadeira.
10. Finalmente, coloque o charuto de couve, o chuchu, os dentes de alho, as ervas amarradas e deixe cozinhar por 10 minutos. Transfira para a assadeira com os demais legumes e cubra com papel-alumínio.
11. Desligue o fogo e, com uma concha, transfira cerca de 2 xícaras (chá) de caldo para uma panela média. Tampe a panela com as carnes.

PARA O PIRÃO E A MONTAGEM
2 xícaras (chá) do caldo do cozido
2 xícaras (chá) de água
1 xícara (chá) de farinha de mandioca torrada

1. Leve a panela com o caldo ao fogo alto e junte a água. Quando ferver, com uma mão salpique a farinha e, com a outra, mexa sem parar, de preferência com um batedor de arame, por cerca de 10 minutos, até formar um pirão liso.
2. Volte a panela com as carnes ao fogo médio até ferver. Retire as carnes e, numa tábua, com cuidado para não se queimar, corte as linguiças em rodelas médias e as carnes em fatias finas.
3. Escalde os legumes por 1 minuto no caldo fervente e, com a escumadeira, retire-os e disponha na travessa grande, criando faixas de cores: comece com os legumes verdes, depois os amarelos, laranja, vermelhos e, por último, as carnes.
4. Transfira o caldo da panela para um bule grande (como o de ágata da foto, p. 113) ou molheira, passando pela peneira — ele deve ser servido bem quente. Sirva o cozido com o caldo e o pirão à parte.

Ogum *também* gosta

Feijoada rima com festa e combina com periodicidade. Isso não é exceção nos livros de Jorge Amado. Todos os anos, Tibéria festeja seu aniversário com uma feijoada imensa, vão todos os amigos, vão os pastores da noite: Curió, Pé-de-Vento, cabo Martim, Pastinha.

Feijoada é mesmo com Vadinho: quando volta, depois de morto, faz Mirandão ganhar loucamente na roleta e depois vão festejar no Castelo de Carla, comemoração que termina no almoço — aliás, na feijoada *genial e arrasadora*, do dia seguinte. Vivo, Vadinho frequenta a feijoada dominical de dona Agnela: solteiro, ia sempre; depois de casado, muitas vezes levava dona Flor.

Também aos domingos acontece a feijoada de Tocaia Grande, mais pobre do que a preferida de Fadul, pois não tem a fartura de toucinhos, linguiças e paios — ela é, no entanto, cheia de animação. Tereza Batista e Januário Gereba, Lulu Santos e Caetano Gunzá vão à feijoada oferecida por Tião Motorista: "Feijoada completa, digna de superlativos e exclamações". O casamento de Lívia e Guma, de *Mar morto*, é comemorado com uma feijoada feita pelo velho Francisco, tio do noivo. João Grande, um dos Capitães da Areia, vai com o capoeirista Querido de Deus comer à feijoada feita pela mãe de santo Don'Aninha.

Feijoada é também comida apreciada por santo de candomblé: Ogum é doido por uma feijoada.

COME-SE FEIJOADA EM: Cacau, Suor, Jubiabá, Mar morto, Capitães da Areia, Gabriela, cravo e canela, Os pastores da noite, Dona Flor e seus dois maridos, Tenda dos Milagres, Tereza Batista cansada de guerra e Tocaia Grande.

Foi Martim sozinho à missa, para o almoço chegou com Marialva.
A imensa feijoada fervia em duas latas de querosene: quilos e quilos de feijão, de linguiças, de carnes de sol, de fumeiro, do sertão, carne verde de boi e de porco, rabada, pé de porco, costelas, toucinho.
Sem falar no arroz, nos pernis, nos lombos, na galinha de molho pardo, na farofa, comida para alimentar um exército.
Tantos como um exército não eram os convidados mas comiam por um batalhão, garfos dignos do maior respeito.

Os pastores da noite

FEIJOADA
SEGUNDO RECEITA DE DONA MARIA
SERVE 6 PESSOAS
TEMPO DE PREPARO: 12 HORAS DE MOLHO + 30 MINUTOS + 2 HORAS NA PANELA

PARA O FEIJÃO

500 g de feijão-mulatinho
250 g de lombo salgado
250 g de peixinho (carne de músculo)
250 g de carne-seca
1 linguiça defumada
1 língua defumada
2 paios
100 g de bacon defumado
1 cebola
2 dentes de alho
2 folhas de louro
½ colher (chá) de cominho
¼ de xícara (chá) de folhas de hortelã
4 ramos de cebolinha
¼ de xícara (chá) de vinagre
1 colher (chá) de extrato de tomate

NA VÉSPERA

Faça o remolho do feijão e a dessalgação das carnes: lave o feijão, transfira para uma tigela, cubra com água e leve à geladeira. Deixe de molho por 12 horas, trocando a água três ou quatro vezes. Corte a carne-seca, o lombo salgado e a língua em cubos de 3 cm. Transfira para uma tigela grande, cubra com água e leve à geladeira. Deixe de molho por no mínimo 12 horas, trocando a água três ou quatro vezes.

1. No fim do processo, escorra a água das carnes e do feijão.
2. Numa tábua, corte o peixinho em cubos de 3 cm e pique fino o bacon. Reserve.
3. Descasque e pique fino a cebola e os dentes de alho. Pique também as folhas de hortelã e a cebolinha. Coloque esses temperos numa tigela grande e misture o vinagre, o cominho e o extrato de tomate.
4. Acrescente à tigela com os temperos as carnes dessalgadas, a linguiça e os paios inteiros e o peixinho em cubos. Misture muito bem.
5. Leve uma panela grande ao fogo médio. Quando aquecer, coloque o bacon e frite por 2 minutos, mexendo de vez em quando. Junte as carnes temperadas e refogue por 3 minutos.

6. Baixe o fogo, acrescente o feijão e as folhas de louro e cubra com água. Deixe cozinhar (sem tampar a panela), mexendo de vez em quando, por cerca de 2 horas — ou até que o feijão esteja macio e as carnes, cozidas.

PARA O REFOGADO
1 cebola
1 dente de alho
½ pimentão verde
100 g de bacon defumado

1. Faltando 20 minutos para o feijão ficar pronto, prepare o refogado: pique fininho a cebola, o pimentão, o dente de alho e o bacon defumado.
2. Leve uma panela pequena ao fogo médio. Quando aquecer, acrescente o bacon e frite por 2 minutos. Junte a cebola e refogue por 3 minutos, mexendo bem. Adicione o pimentão e refogue por mais 2 minutos. Por último, misture o alho rapidamente, apenas até perfumar.
3. Regue o refogado com 1 xícara (chá) do caldo do feijão e misture bem. Quando começar a ferver, deixe cozinhar por 1 minuto. Despeje esse tempero na feijoada e mexa bem.
4. Após as 2 horas, verifique se o feijão já está macio e desligue o fogo. Se ainda estiver duro, complete com um pouco de água filtrada e deixe cozinhar por mais 10 minutos. Ainda não está no ponto? Mais água e mais 10 minutos no fogo.
5. Retire as linguiças da panela, transfira para uma tábua e, com cuidado para não se queimar, corte-as em rodelas. Volte à panela. Sirva a feijoada com molho de pimenta, farofa de manteiga e laranja cortada em gomos.

Preparara-se a boa vizinha para acolher uma lastimosa dona Rozilda, em seu peito a abrigar e confortar. E a outra lhe saía com aquele contrassenso absurdo, como se a morte do genro fosse notícia festiva. Lá vinha ela descendo a escada, numa das mãos o clássico embrulho de farinha de Nazaré, bem torrada e olorosa, além de uma cesta onde se movia indócil uma corda de caranguejos adquiridos a bordo [...].

DONA FLOR E SEUS DOIS MARIDOS

Farinha *para* viagem

A farofa acompanha muito bem a feijoada. Pode-se dizer que é indispensável. Mas é preciso falar também da farinha pura, aquela farinha de boa qualidade, de Nazaré das Farinhas, torradinha, com um sabor e uma textura que, ao envolver os pedaços da carne-seca, ao misturar-se ao feijão, fazem da feijoada um acontecimento especial.

Sem farinha, Jorge Amado não passava — chegou a dizer isso em seu livro *Navegação de cabotagem*. Era verdade: ela fazia parte da bagagem em todas as viagens.

FAROFA DE MANTEIGA
SERVE 6 PESSOAS
TEMPO DE PREPARO: MENOS DE 10 MINUTOS

1 ½ xícara (chá) de farinha de mandioca
2 colheres (sopa) de manteiga
sal a gosto

1. Leve ao fogo alto uma frigideira com a manteiga. Quando derreter, junte a farinha de mandioca e misture bem com uma espátula.
2. Reduza o fogo para médio e tempere a farinha com sal. Sem parar de mexer, doure a farinha por cerca de 2 minutos. Sirva a seguir.

MOLHO DE PIMENTA PARA A FEIJOADA
SERVE 6 PESSOAS
TEMPO DE PREPARO: 10 MINUTOS + 10 MINUTOS NA FRIGIDEIRA

5 pimentas-malagueta
½ cebola pequena
¼ de xícara (chá) de folhas de coentro
1 xícara (chá) de caldo do feijão
1 colher (chá) de azeite

1. Lave e seque as pimentas. Transfira para um pilão e soque — se preferir, pique fino com uma faca.
2. Numa tábua, pique fino a cebola e o coentro.
3. Leve ao fogo médio uma panela pequena com o azeite. Quando aquecer, refogue a cebola até ficar transparente. Junte a pimenta e refogue por mais 1 minuto. Baixe o fogo, regue o caldo do feijão e misture o coentro picado.
4. Deixe cozinhar até ferver e desligue. Se o caldo do feijão estiver muito grosso, coloque um pouco de água filtrada, às colheradas e misture bem.

Dos deuses

Suculento é o sarapatel de dona Coleta, em *Cacau*; divino, o feito por Andreza em *Dona Flor e seus dois maridos*: diante dele, o poeta Godofredo Filho põe-se de joelhos. Um manjar dos deuses, classifica o dr. Flávio Rodrigues de Souza, em *Tocaia Grande*. Sarapatel de deixar um cristão vendo o paraíso, aquele feito na fazenda Auricídia, em *Terras do sem-fim* — o coronel Maneca Dantas inchado de orgulho.

Feito de miúdos de porco, o sarapatel é comida celestial, de abalar a descrença do mais convicto dos ateus.

COME-SE SARAPATEL EM: Cacau, Jubiabá, Capitães da Areia, Terras do sem-fim, Gabriela, cravo e canela, Os pastores da noite, Dona Flor e seus dois maridos, Tenda dos Milagres, Tereza Batista cansada de guerra e Tocaia grande.

Mirandão aconselhava Vadinho a não se amofinar: há gente assim, amigada com o caiporismo, não adianta se querer acudir. Ao demais, a preocupação tira o apetite, e o sarapatel de Andreza era um monumento, louvado até pelo dr. Godofredo Filho, com toda sua autoridade. No dia seguinte, Vadinho trataria do embeleco. Afinal a maçante já esperara tanto, não era um dia a mais ou a menos que a levaria ao suicídio. Quanto ao sarapatel de sua comadre Andreza, como foi mesmo a frase; a frase, não, o verso de mestre Godofredo?

E quem encontraram à mesa da filha de santo senão o próprio poeta Godofredo, a fazer honra à comida de Andreza sem regatear elogios ao tempero e à cozinheira, pedaço real de negra, palmeira imperial, brisa matutina, proa de barco. Andreza sorria com toda sua prosápia e realeza, machucava pimentas para o molho.

— E olhe quem está aí! — saudou Mirandão. — Meu imortal, meu mestre, considere-me de joelhos ante sua intelectualidade.

— De joelhos estamos todos diante desse sarapatel divino — riu o poeta, apertando as mãos aos dois rapazes.

DONA FLOR E SEUS DOIS MARIDOS

SARAPATEL

Segundo receita de Aíla
Serve 12 pessoas

--============================--------------------------------==-------

    3 kg de miúdos de porco muito frescos
    6 limões
    3 pimentões
    1 molho grande de hortelã
    ½ molho de cebolinha verde
    ½ molho de coentro
    3 cebolas grandes
    4 tomates
    150 g de toucinho defumado
    6 pimentas-de-cheiro
    5 dentes de alho
    10 folhas de louro
    sal a gosto
    1 colher (sopa) de pimenta-cominho

Obs.: *Pimenta-cominho é a mistura que se vende na Bahia de pimenta-do-reino com cominho.*

1. Lave os miúdos com muito limão.
2. No liquidificador, bata duas cebolas, os dentes de alhos, os tomates, a cebolinha, o coentro e a hortelã.
3. Misture os miúdos com os temperos batidos e junte o louro, a pimenta-cominho e as pimentas-de-cheiro inteiras.
4. Pique bem miudinho uma cebola.
5. Ponha num caldeirão o toucinho defumado e leve ao fogo para derreter. Junte a cebola e deixe dourar.
6. Coloque os miúdos temperados no refogado de cebola e mexa bem.
7. Junte toda a água de uma vez, cobrindo o sarapatel e passando três dedos.
8. Deixe cozinhar por algumas horas.
9. Sirva acompanhado de farinha e arroz.

Obs.: *Sarapatel deve ser feito de véspera.*

Folhas e carnes

Maniçoba é comida típica do Recôncavo baiano. Em Santo Amaro pode-se comprar as folhas da mandioca, já cortadas, em sacos de um quilo. Em Cachoeira ela é vendida, também cortada, em bolos do tamanho de um punho fechado.

A receita a seguir é de Maria de Uzêda, amiga de meu irmão João Jorge, um fanático da maniçoba. Ela recomenda que a carne do sertão — outro nome da carne-seca — seja gorda, com a gordura amarela: quanto mais gorda, mais saborosa.

COME-SE MANIÇOBA EM: O SUMIÇO DA SANTA.

Haviam desaparecido para conspirar às escondidas ou para saborear ceia farta — onde há jornalista, há boca-livre, é inevitável. Comissário Ripoleto decidiu descobrir o local do crime, da comedoria, e fazê-lo depressa, antes que a conjura e a maniçoba chegassem ao fim. Maniçoba, especialidade do Recôncavo, entre todos o prato preferido do luminar.

O SUMIÇO DA SANTA

MANIÇOBA

Segundo receita de Maria de Uzêda
Serve 10 pessoas

------------===============================--------------==------

    2 kg de folha de mandioca
    1 kg de carne-seca gorda
    700 g de carne de porco salpresa
    500 g de lagarto atravessado
    1 kg de peito ou acém ou chupa-molho
    200 g de toucinho
    500 g de linguiça de porco seca
    7 dentes de alho grandes
    15 folhas de louro
    1 colher (sopa) cheia de pimenta-do-reino
    6 cebolas grandes
    3 tomates grandes
    2 pimentões grandes
    2 colheres (sopa) cheias de coentro picado
    2 colheres (sopa) cheias de hortelã picada
    2 xícaras de óleo
    pimenta-de-cheiro a gosto

1. Coloque as carnes salgadas (carne-seca e salpresa) de molho de véspera, trocando as águas, até estar quase sem sal.
2. Soque o alho e pique a cebola.
3. Numa panela, coloque o óleo, junte o alho socado e a cebola picada e leve ao fogo para refogar.
4. Pique miudinho os tomates, os pimentões, o coentro e a hortelã.
5. Quando a cebola estiver dourada, junte os outros temperos picadinhos, a pimenta-do-reino e as folhas de louro (não são picadas, mas sim inteiras), menos a pimenta-de-cheiro. Misture e junte as carnes.
6. Não misture água ainda, refogue a carne para que pegue o gosto dos temperos, mas não por muito tempo.
7. Enquanto as carnes estão refogando nos temperos, prepare as folhas.
8. Lave meticulosamente as folhas de mandioca, que geralmente vêm com areia e outros detritos, sobre uma peneira.

→

9. No fogo, coloque as folhas numa panela com água fervente.
10. Escorra a água e lave de novo as folhas. Repita esta operação três vezes (até sair toda a água verde).
11. Na última vez, deixe cozinhar um pouco; depois, escorra a água e coloque as folhas com as carnes refogadas para que cozinhem junto. Retire as carnes à medida que forem ficando cozidas, mas recoloque-as na panela pouco antes de apagar o fogo.
12. Adicione as pimentas-de-cheiro e junte água.
13. Cozinhe até que as folhas estejam bem macias.
14. Sirva com farinha.

Para os fortes

Segundo Manuel Querino, o mocotó é "uma das refeições mais apreciadas pelo povo baiano e ainda pela classe abastada". Isso era verdade no começo do século, quando escreveu *Costumes africanos no Brasil*, e continua valendo. Comida forte, que dá sustância, o mocotó que se faz hoje em dia consiste na unha do boi, isto é, o osso da pata do boi. Antigamente, usava-se também o beiço e o fato. É preciso cuidado e atenção para limpar o mocotó. Aconselha-se sempre usar muito caldo de limão e uma ponta de faca afiada para retirar a pele grudada no osso.

MOCOTÓ

SERVE 12 PESSOAS

------------===================---------------==------

    3 kg de mocotó (ou 2 mocotós)
    3 cebolas grandes
    3 tomates grandes
    3 dentes de alho
    1 molho de coentro
    1 molho de hortelã
    3 folhas de louro
    1 colher (sobremesa) de cominho
    3 limões
    4 colheres (sopa) de óleo
    sal a gosto
    pimenta-do-reino a gosto

1. Lave muito bem o mocotó com limão, raspando o osso com uma ponta de faca.
2. Fatie as cebolas bem miudinho.
3. Pique os tomates, o alho, o coentro e a hortelã bem miudinho, ou passe no liquidificador.
4. Tempere o mocotó com os temperos picados e mais o louro, o cominho, o sal e a pimenta-do-reino.
5. Coloque o óleo numa panela grande e leve ao fogo.
6. Refogue as cebolas no óleo.
7. Junte a mistura de mocotó e temperos na panela com a cebola e deixe refogar bem.
8. Coloque água aos poucos.
9. Quando começar a ferver, diminua o fogo. Deve cozinhar por muito tempo.

    PARA O PIRÃO
    1 kg de farinha de mandioca
    caldo do mocotó preparado

1. Coloque água fria na farinha para inchar numa panela.
2. Adicione bastante caldo do mocotó e leve ao fogo, mexendo sempre para não embolar.

Elogiaram os sergipanos e os sertanejos, falaram disso e daquilo, trocaram pontos de vista culinários ao sabor da conversa ociosa na manhã de domingo. Para Lupiscínio não havia carne de ave que se comparasse com a de galinha sura. Coroca discordava: no seu opinar galinha-d'angola levava vantagem sobre todas as demais. Zilda, mulher do capitão Natário, fazia um prato chamado frito de capote: quem prova dele nunca mais esquece! Capote, um dos nomes da galinha-d'angola que tinha para mais de vinte e era arisca: preferia viver no mato, não se acostumava no terreiro.

— Sia Vanjé disse que vai criar dessa raça de penosa. Na Atalaia tem de monte, Natário prometeu trazer uns ovos pra ela chocar em galinha mansa.

TOCAIA GRANDE

Das aves

Caso deseje matar uma ave em casa, aí vão os conselhos de Nazareth Costa: pegue uma galinha — que não deve estar cansada — e prenda os dois pés dela com um pé seu, e as duas asas com seu outro pé. Segure a cabeça da ave com a mão, lembrando de prender o bico, para que a galinha não grite, e vire para trás até que o pescoço fique livre. Limpe uma parte dele, retirando as penas com a ajuda de uma faca. Com o lado da faca, dê umas batidinhas no pescoço limpo de penas para que a artéria fique saltada. Coloque uma tigela — que já deve conter uma colher de sopa de vinagre — sob o pescoço da galinha. Dê um corte com a faca no lugar onde a artéria ficou saltada, apare o sangue na tigela e, em seguida, mexa para não talhar.

Agora é só depenar a galinha, chamuscá-la sobre a chama, limpá-la e seguir a receita.

Se se tratar de galinha-d'angola, e ela ainda estiver no quintal, lembre-se de que para agarrar uma guiné são necessárias prática e sorte. A "tô fraco" é ave arisca: pegá-la é uma façanha.

Presente *de* valor

Dar comida de presente é uma prática comum no universo de Jorge Amado. Médicos, prefeitos, coronéis de cacau — as autoridades, enfim — recebem muitas vezes uma comida como agradecimento daqueles a quem ajudaram. É o que acontece com Ascânio, em *Tieta do Agreste*; com o dr. Jessé, em *Terras do sem-fim*; com o coronel Boaventura, em *Tocaia Grande*. O presente também pode ser maior e motivado pela pura amizade: dona Milu manda um café da manhã completo para Tieta, com inhame, aipim, fruta-pão, banana cozida e cuscuz de puba!

As aves encontram-se entre os presentes mais apreciados. Dar uma galinha gorda ou um capão para uma canjinha é o mesmo que desejar saúde e força ao presenteado.

COME-SE CANJA DE GALINHA EM: Dona Flor e seus dois maridos e O sumiço da santa.

Trocou o bule de leite pelo de café. Na refeição da noite, Adalgisa não servia comida de sal, quando muito um prato de sopa, uma canja leve.

O SUMIÇO DA SANTA

CANJA DE GALINHA

SEGUNDO RECEITA DE NAZARETH COSTA
SERVE 6 PESSOAS
TEMPO DE PREPARO: 15 MINUTOS + 1 HORA NA GELADEIRA + 1 HORA NA PANELA

1 frango inteiro
2 xícaras (chá) de arroz
1 tomate grande
1 cebola grande
1 pimentão amarelo
3 dentes de alho
2 colheres (sopa) de vinagre
⅓ de xícara (chá) de folhas de coentro
⅓ de xícara (chá) de ramos de cebolinha
sal e pimenta-do-reino moída na hora a gosto

1. Numa tábua, descasque os dentes de alho e a cebola; pique fino com as folhas de coentro e os ramos de cebolinha. Transfira para uma tigela grande.

2. Descarte o topo e as sementes e corte o pimentão em cubinhos. Corte os tomates em metades (na horizontal) e retire as sementes com o dedão; pressione uma das metades contra a tábua, com a pele para baixo, até ficar plana; corte a metade em tiras e as tiras, em cubos. Repita com a outra metade de tomate. Junte o pimentão e o tomate à tigela com os temperos.

3. Lave e seque o frango com um pano de prato limpo. Usando uma tesoura para destrinchar ou faca afiada, corte o frango pelas juntas, sem retirar a pele. Se preferir, compre o frango em pedaços.

4. Coloque os pedaços de frango na tigela com os temperos picados e regue com o vinagre. Tempere com sal e pimenta-do-reino e, com as mãos, misture bem. Cubra a tigela com filme e leve à geladeira por 1 hora.

5. Numa panela grande, coloque o frango (com o tempero) e cubra com 4 litros de água. Leve ao fogo médio e deixe cozinhar por 40 minutos, mexendo de vez em quando, sem tampar a panela.

6. Quando a carne começar a amolecer, junte o arroz. Tempere com sal e pimenta-do-reino e, se precisar, complete com água. Deixe cozinhar por 10 minutos ou até que o arroz esteja cozido, mas com o grão ainda firme. Sirva quente.

DICA: Se quiser uma canja mais magra, antes de juntar o arroz, deixe o caldo com o frango esfriar na geladeira. Com uma colher, retire a gordura que se formar na superfície. Na hora de servir, junte o arroz e deixe cozinhar até ficar no ponto.

Quando a velha Eulina, sentindo a cabeça por demais pesada, o peito opresso — porcaria de vida! —, largava tudo e ia embora sem dar satisfações, Tereza assumia posto vago diante do grande fogão a lenha — quem gosta de comer do bom e do melhor sabe que não existe comida igual à feita em fogão de lenha.

— Essa velha Eulina cada vez cozinha melhor... — disse o doutor, repetindo o escaldado de galinha: — Galinha de parida, por ser um prato simples, é dos mais difíceis... De que ri Tereza? Me conte, vamos.

No preparo da galinha e do escaldado, a velha nem tocara, sumida num calundu sem tamanho.

TEREZA BATISTA CANSADA DE GUERRA

Para o pós-parto — *ou não*

Galinha de parida, como o próprio nome diz, é o alimento da mulher que deu à luz. A tradição da boa saúde mandava — será que ainda manda? — que se engordasse quarenta galinhas, de forma a alimentar a mãe na sua quarentena pós-parto. Comida saudável, gorda, deveria dar forças, ajudar a vir o leite, entre outros tantos benefícios. A galinha de parida é tão gostosa que se manteve firme na mesa baiana de todo dia, ainda que o modo de tratar uma parturiente tenha se modernizado.

Na mesa de Zélia e Jorge Amado, não faltava nunca. Sempre feita com muito cominho, à maneira do sertão, que é como fica melhor. Quem preparava era a própria dona Zélia. E mesmo em Paris nunca faltava o pirão cheiroso.

COME-SE GALINHA DE PARIDA EM: Tereza Batista cansada de guerra.

GALINHA DE PARIDA
SEGUNDO RECEITA DE NAZARETH COSTA
SERVE 6 PESSOAS
TEMPO DE PREPARO: 1 HORA + 45 MINUTOS NA PANELA

1 frango inteiro, de cerca de 2 kg
1 tomate
1 cebola
1 pimentão
3 dentes de alho
⅓ de xícara (chá) de folhas de coentro
⅓ de xícara (chá) de talos de cebolinha
2 colheres (sopa) de vinagre
½ colher (sopa) de cominho em pó
1 colher (sopa) de cominho em grão
sal e pimenta-do-reino moída na hora a gosto

1. Prepare o tempero para o frango: numa tábua, descasque os dentes de alho e a cebola; pique fino junto com as folhas de coentro e os talos de cebolinha. Corte e descarte o topo e as sementes do pimentão; depois o pique fino. Corte o tomate

em metades (na horizontal) e retire as sementes com o dedão; pressione uma das metades contra a tábua, com a pele para baixo, até ficar plana; corte a metade em tiras e as tiras, em cubos; repita com a outra metade de tomate.

2. Transfira a cebola, o alho, as ervas, o pimentão e o tomate para uma tigela grande. Reserve.

3. Lave em água corrente e seque o frango com um pano de prato limpo. Usando uma tesoura para destrinchar ou faca afiada, corte o frango em oito pedaços (2 peitos, 2 coxas, 2 sobrecoxas e 2 asinhas), sem retirar a pele.

4. Transfira os pedaços de frango para a tigela com os temperos picados e junte o vinagre. Tempere com sal, pimenta-do-reino e cominho em pó. Com as mãos, misture para envolver bem. Cubra a tigela com filme e leve à geladeira por 1 hora.

5. Numa panela grande, coloque o frango temperado e cubra com o dobro de água. Leve ao fogo médio e deixe cozinhar sem tampa por 45 minutos ou até o frango ficar macio, mexendo de vez em quando.

6. Quando o frango estiver cozido, junte o cominho em grãos e desligue o fogo.

7. Com uma escumadeira, retire o frango e transfira para uma travessa. Cubra com papel-alumínio e reserve. Mantenha o caldo na panela.

PARA O PIRÃO À MODA DO SERTÃO
2 xícaras (chá) de caldo do frango
1 cebola
⅓ de xícara (chá) de coentro
⅓ de xícara (chá) de cebolinha
1 xícara (chá) de farinha de mandioca torrada
sal e pimenta-do-reino moída na hora a gosto

1. Caso não haja o suficiente para formar as 2 xícaras (chá) de caldo na panela, complete com água.

2. Descasque e fatie a cebola em rodelas finas. Pique grosseiramente o coentro e a cebolinha.

3. Leve o caldo ao fogo médio e junte a cebola, as ervas e tempere com sal e pimenta-do-reino.

4. Quando o caldo ferver, com uma mão salpique a farinha e, com a outra, mexa sem parar por cerca de 10 minutos, de preferência com um batedor de arame, até formar o pirão.

5. Sirva a seguir como acompanhamento da galinha de parida.

A clássica

Galinha de molho pardo — ou de cabidela, como também é chamada — foi um dos pratos do primeiro almoço preparado por Gabriela para Nacib. "Oh! — exclamava ante o aroma a exalar-se da galinha de cabidela [...]." O molho pardo também fez a fama de boa cozinheira de dona Carmosina, a agente dos Correios amiga de Tieta. Uma cabidela benfeita já é um passo andado para garantir lugar no time de dona Flor.

Prato de origem portuguesa, manteve-se entre nós sem muitas alterações. No Brasil, no entanto, não se faz a sua versão com arroz: o arroz de cabidela, em que o cereal é cozido no molho pardo da galinha.

COME-SE GALINHA DE MOLHO PARDO EM: Gabriela, cravo e canela, Os pastores da noite, Dona Flor e seus dois maridos, Tieta do Agreste e Tocaia Grande.

O coletor recolhe as cartas, olha através dos envelopes contra a luz, quem pode impedir que dona Carmosina saiba e comente a vida alheia, não passam por suas mãos (e vistas) telegramas e cartas? Carmosina, quase albina, mais que ladina, voz masculina, língua ferina, doce assassina — declamava Aminthas, seu primo segundo e comensal assíduo. Dona Carmosina é de bom tempero, famosa no pirão de leite e no molho pardo. E o cuscuz de milho?

Tieta do Agreste

GALINHA *de* MOLHO PARDO

Serve 6 pessoas

----------------=============================----------------==------

    1 galinha inteira, cerca de 2 kg
    sangue de uma galinha, talhado no vinagre
    1 tomate grande
    1 cebola grande
    1 pimentão
    3 dentes de alho grandes
    2 colheres (sopa) de vinagre
    ½ molho de coentro
    ½ molho de cebolinha
    1 pimenta-de-cheiro
    pimenta-do-reino a gosto
    sal a gosto

1. Corte a galinha pelas juntas, sem retirar a pele.
2. Pique bem miudinho o tomate, a cebola, o pimentão, o alho, o coentro e a cebolinha.
3. Tempere os pedaços de galinha com os temperos picados, o vinagre, o sal e a pimenta-do-reino.
4. Deixe tomar gosto por pelo menos 1 hora.
5. Coloque a galinha numa panela com os temperos e a pimenta-de-cheiro, ponha um pouco de água e leve ao fogo.
6. Quando a galinha estiver cozida despeje o sangue no caldo, mexendo sempre.
7. Deixe ferver e retire do fogo.

Obs.: *Ao comprar a galinha com o sangue, certifique-se de que ele está misturado com vinagre, o que impede sua coagulação.*

Farofa *no* molho

Aqui, o capote — ou seja, a galinha-d'angola — aparece feito à maneira do sertão, como um frito: misturando-se a carne, que foi cozida com muitos temperos, à farofa, de forma a obter uma comida que se conserva por muitos dias, sem risco de estragar; e à maneira baiana, em que a herança portuguesa se torna picante na mistura com o que veio da África: um molho pardo suculento.

É em *Tocaia Grande* que o frito de capote aparece — come-se em casa do capitão Natário. A receita a seguir é do Piauí, dada por Liete Tajra, que de vez em quando mandava um frito de presente para o escritor, fosse para a Bahia, fosse para Paris.

COME-SE FRITO DE CAPOTE EM: Tocaia Grande.

O próprio coronel Boaventura Andrade, mandachuva daquelas sesmarias, patrão e compadre, provou o sal da mesa de Zilda, repetiu os quitutes e os gabou, lambendo os beiços: a galinha de molho pardo, o teiú moqueado, o peixe feito no dendê, o frito de capote, os doces de banana e de caju, o creme de abacate. Zilda desculpava-se pelo menu pouco variado, apenas quatro pratos, pobreza de almoço comparado aos da casa-grande.

Tocaia Grande

FRITO de CAPOTE

Segundo receita de Liete Tajra
Serve 6 pessoas

PARA A VINHA-D'ALHOS
- 3 dentes de alho
- 1 pitada de cominho
- 1 colher (café) de pimenta-do-reino
- 1 folha de louro picada
- 2 xícaras (chá) de vinagre ou vinho branco
- 2 gotas de conserva de pimenta-malagueta

PARA O CAPOTE
- 1 capote médio
- 2 limões
- 1 cebola
- 2 tomates
- ½ molho de cebolinha
- 2 colheres (sopa) de manteiga
- 1 colher (sopa) de óleo
- 1 pimenta-de-cheiro

PARA A FAROFA
- 4 xícaras de farinha de mandioca
- 1 colher de colorau
- 3 colheres de manteiga
- 1 xícara (café) de óleo
- sal a gosto
- 1 xícara (chá) de coentro e cebolinha

1. Corte o capote pelas juntas e limpe-o, esfregando com limão. Deixe submerso por 15 minutos em água fria com limão, escorra o capote.
2. Faça uma vinha-d'alhos com todos os ingredientes e coloque dentro os pedaços do capote, deixando tomar gosto de um dia para o outro.
3. No dia seguinte, pique os tomates, a cebola e a cebolinha.
4. Refogue o capote com 2 colheres (sopa) de manteiga e 1 colher de óleo, juntando os temperos picados e a pimenta-de-cheiro, mexendo sempre até corar.
5. Depois de corada, coloque 1 copo de água e tampe a panela, para que cozinhe. Tenha o cuidado de não deixar amolecer demais a carne do capote.
6. Separado do capote, em outra panela, derreta a manteiga com o óleo, coloque o colorau e aqueça bem.
7. Peneire a farinha e junte-a à gordura quente, mexendo sempre para não queimar.
8. Por último, coloque a xícara de coentro e cebolinha, misture tudo e tire do fogo.
9. Junte o capote à farofa, misture, tendo o cuidado de não desossar o capote.

PERU ASSADO
SERVE 10 PESSOAS
TEMPO DE PREPARO: 12 HORAS NA GELADEIRA + 40 MINUTOS + 3H40 NO FORNO

PARA A VINHA-D'ALHOS
1 peru de cerca 5 kg
7 dentes de alho
¼ de colher (chá) de cominho em pó
2 folhas de louro
3 xícaras (chá) de vinho branco
sal a gosto

NA VÉSPERA
1. Retire e reserve na geladeira o saco plástico com os miúdos, que serão usados no recheio. Lave o peru em água corrente. Com um pano de prato limpo, seque por dentro e por fora. (Coloque o pano para lavar separadamente numa bacia.)
2. Escolha uma tigela grande o suficiente para comportar o peru. Se não tiver, use uma bacia. Numa tábua, amasse os dentes de alho, pressionando com a lateral da lâmina da faca; descarte a casca e transfira para uma tigela. Junte o vinho, o sal, o cominho, o louro e envolva a ave nessa mistura. Cubra a tigela com filme e leve à geladeira por 12 horas, virando o peru após 6 horas.

PARA O RECHEIO
miúdos que vêm dentro do peru
2 tomates
1 cebola
1 pimentão vermelho
1 dente de alho
1 pimenta-de-cheiro
3 ramos de salsa
3 colheres (sopa) de óleo
1 xícara (chá) de ameixa-preta ou uva-passa sem caroço
3 colheres (sopa) de azeitonas pretas sem caroços
sal a gosto

Antes de preparar o recheio, retire o peru da geladeira e escorra bem a vinha-d'alhos para uma tigelinha e reserve na geladeira. Mantenha o peru na bacia, em temperatura ambiente, enquanto prepara o recheio.

1. Preaqueça o forno a 220 °C (temperatura alta).
2. Lave os miúdos do peru e transfira para uma panela média. Cubra com água e leve ao fogo médio. Quando ferver, deixe cozinhar por 5 minutos.
3. Enquanto isso, pique fino os tomates, a cebola, o pimentão (descarte as sementes), o dente de alho, a pimenta-de-cheiro e os ramos de salsa. Transfira para uma tigela média e reserve.
4. Retire os miúdos da panela, desfie a carne do pescoço e corte o fígado, o coração e a moela em pedaços pequenos. Junte à tigela com os temperos, misture bem e tempere com sal.
5. Leve ao fogo médio uma panela com o óleo. Quando aquecer, refogue os miúdos com o tempero por 5 minutos. Baixe o fogo, tampe a panela e deixe cozinhar por mais 10 minutos, mexendo de vez em quando.
6. Numa tábua, pique as azeitonas e as ameixas. Junte à panela e mexa bem. Verifique o tempero e, se necessário, acerte o sal.

PARA ASSAR
1. Recheie a cavidade do peru com o refogado de miúdos. Com uma agulha de costura grossa e barbante fino, costure a fenda até vedar.
2. Numa assadeira grande, coloque o peru, regue com a vinha d'alhos reservada e leve ao forno preaquecido.
3. Após 30 minutos, retire a assadeira e cubra o peru com papel-alumínio. Reduza a temperatura do forno para 180 °C (temperatura média) e deixe o peru assar por 3 horas. De hora em hora, regue com o caldo do cozimento. Se o fundo da assadeira começar a queimar, regue com água quente.
5. Após as 3 horas, retire o papel-alumínio e deixe dourar por 10 minutos, até a pele ficar bem dourada e crocante.
6. Retire do forno e transfira para uma tábua de corte. Cubra com papel-alumínio para não esfriar e deixe descansar por cerca de 10 minutos antes de destrinchar.
7. Corte o peito do peru em fatias e separe coxas, sobrecoxas e asas. Corte também o barbante que fechou a cavidade. Arrume em uma travessa bonita e sirva a seguir, com o recheio à parte.

COME-SE PERU ASSADO EM: Dona Flor e seus dois maridos e Farda, fardão, camisola de dormir.

Num esperdício de comida, ali se exibiam os quitutes baianos, vatapá e efó, abará e caruru, moquecas de siri-mole, de camarão, de peixe, acarajé e acaçá, galinha de xinxim e arroz de hauçá, além de montes de frangos, perus assados, pernis de porco, postas de peixe frito para algum ignorante que não apreciasse o azeite de dendê (pois como considerava Mirandão de boca cheia e com desprezo, há todo tipo de bruto nesse mundo, sujeitos capazes de qualquer ignomínia).

DONA FLOR E SEUS DOIS MARIDOS

Quem dera ver a neta de Rosa outra vez, o riso, a graça, o requebro da avó — e os olhos azuis; de quem seriam? Ver também alguns amigos, ir ao terreiro e saudar o santo, um passo de dança, uma cantiga, comer xinxim de galinha, moqueca de peixe na mesa do castelo com Ester e as raparigas. Não, não queria morrer, morrer para quê? Não valia a pena.

TENDA DOS MILAGRES

Toque de chef

Xinxim de galinha é comida de Oxum, diz Roger Bastide. A ave veste-se de amarelo dendê, cor preferida da santa vaidosa e cheia de dengo.

A receita a seguir é de dona Maria, e não é a clássica: normalmente não se coloca leite de coco no xinxim de galinha, mas a mestra ensina que com uma xícara dele bem grosso a galinha fica ainda mais saborosa. Se quiser fazer a receita tradicional, basta não acrescentar o leite de coco.

COME-SE XINXIM DE GALINHA EM: Os pastores da noite, Dona Flor e seus dois maridos, Tenda dos Milagres, Tereza Batista cansada de guerra e O sumiço da santa.

XINXIM DE GALINHA
SEGUNDO RECEITA DE DONA MARIA
SERVE 6 PESSOAS
TEMPO DE PREPARO: 20 MINUTOS + 2 HORAS NA GELADEIRA + 50 MINUTOS NA PANELA

PARA A MARINADA

1 frango inteiro, de cerca de 2 kg

2 tomates grandes

½ xícara (chá) de folhas de coentro

¼ xícara (chá) de folhas de hortelã

1 pimentão verde

2 cebolas grandes

3 dentes de alho

1 colher (sopa) de vinagre

1 colher (sopa) de sal

1. Descasque as cebolas e os dentes de alho. Corte e descarte o topo e as sementes do pimentão. Corte os tomates em metades.

2. No liquidificador, junte as cebolas, os dentes de alho, os tomates, a hortelã, o coentro, o pimentão e o vinagre. Tempere com o sal e bata até ficar homogêneo. Transfira para uma tigela grande e reserve. →

3. Lave o frango em água corrente e seque com um pano de prato limpo. Com uma tesoura de destrinchar ou faca afiada, corte o frango pelas juntas, separando as coxas, as sobrecoxas, as asas e o peito. Corte o peito ao meio, descartando ossos e cartilagens.
4. Com as mãos, misture o frango em pedaços ao tempero, até envolver bem. Cubra com filme e leve à geladeira por 2 horas.

PARA O XINXIM
1 xícara (chá) de amendoim torrado
1 xícara (chá) de castanha-de-caju
1 xícara (chá) de camarão seco
1 colher (chá) de gengibre ralado
2 folhas de louro
1 colher (chá) de cominho em pó
2 colheres (sopa) de azeite de dendê
1 xícara (chá) de leite de coco grosso
sal a gosto

Retire o frango da geladeira cerca de 15 minutos antes de começar o cozimento.

1. Leve uma panela grande com 1 colher (sopa) de azeite de dendê ao fogo médio. Quando aquecer, doure os pedaços de frango com o tempero por 2 minutos. Adicione o gengibre ralado, o cominho em pó, as folhas de louro e misture.
2. Regue o frango com 1 xícara (chá) de água e deixe cozinhar em fogo alto por 40 minutos, mexendo de vez em quando. À medida que for secando, adicione mais água, sempre aos poucos.
3. Enquanto o frango cozinha, bata no liquidificador o camarão seco, a castanha-de-caju e o amendoim com ½ xícara (chá) de água. Reserve.
4. Faltando 5 minutos para o frango ficar pronto, baixe o fogo e junte à panela a pasta de camarão batido. Verifique os temperos e, se necessário, ajuste o sal.
5. Acrescente o leite de coco, regue com o azeite de dendê restante e deixe cozinhar por mais 2 minutos. Desligue o fogo e sirva a seguir com arroz branco e farofa de dendê.

De falta de comida não se podiam queixar. Haviam distribuído um prato de flandres para cada um e mais uma caneca e uma colher. Formavam fila em frente à cozinha onde os ajudantes de cozinheiro, ao lado de enormes panelões, distribuíam o peixe, pirarucu cozido com pouco sal, e o arroz. Davam farinha também e com o caldo grosso e gorduroso do peixe faziam um pirão amarelado, gostoso. Muitos abandonaram a colher, preferiam comer com a mão e se atolavam no peixe.

Seara vermelha

Do mar e do rio

"Dia dois de fevereiro/ dia de festa no mar/ eu quero ser o primeiro/ a saudar Iemanjá", diz a canção de Dorival Caymmi. Iemanjá ou Inaê — também conhecida por Janaína —, a rainha do mar era festejada nessa data no Rio Vermelho, bairro onde morava Jorge Amado. Cada Dois de Fevereiro, enquanto Lalu foi viva, o escritor comemorou o aniversário de sua mãe ao mesmo tempo em que saudava Iemanjá, na casa da rua Alagoinhas, recebendo quem quisesse tomar um copo de cerveja ou de água — às vezes, até mesmo a água acabava no fim do dia.

Os pescadores e mais toda uma população de devotos seguem em saveiros e outras embarcações, mar adentro, para levar balaios de presentes — espelhos, perfumes, sabonetes e flores, muitas flores — que são entregues à santa no alto-mar, sua morada. A festa é linda, cheia de emoção nos agradecimentos à ajuda recebida, à fartura de peixe que veio para a rede.

Agradecem pelos peixes — um dos pilares do comer baiano —, camarões, pitus, caranguejos, siris, aratus, pelas lambretas e ostras, essa comida saborosa que não pode faltar nas mesas da Bahia.

Danilo pediu a Marialva que à noite servisse apenas um lanche frugal. Fora farto o almoço de lagosta fresca, escaldado de peixe e frigideira de camarão, sem falar no tira-gosto de patas de caranguejo, tudo regado a cerveja e guaraná. Vindos da praia, cheios de fome, os recém-casados fizeram à refeição as honras merecidas. Danilo ensaiou um convite para o quarto mas Adalgisa estendeu-se no sofá, no mesmo instante mergulhou no sono, dormiu a tarde inteira.

O SUMIÇO DA SANTA

Branco e verde

O que exatamente é um escaldado de peixe? Pergunta difícil de responder. Os livros de culinária variam nos ingredientes e modos de fazer. Os personagens se referem ao peixe, sem mais considerações. A ideia de um cozidinho de peixe com pirão, mas com poucos legumes, era óbvia. Mas que legumes? Pesquisa feita, uma opinião conclusiva foi a de Maria Sampaio, que, se não é uma cozinheira de mão-cheia, tem pelo menos ótimo paladar e uma grande memória visual: "É aquele prato de peixe todo branco e verde e com cebolas inteiras". Sônia Chaves confirmou e deu a receita: "Peixe cozido com cebolas, quiabos, jilós, maxixes e ovos cozidos". Pois é, branco e verde...

COME-SE ESCALDADO DE PEIXE EM: O SUMIÇO DA SANTA.

ESCALDADO DE PEIXE
SEGUNDO RECEITA DE SÔNIA CHAVES
SERVE 6 PESSOAS
TEMPO DE PREPARO: 15 MINUTOS + 35 MINUTOS NA PANELA

6 postas de robalo ou garoupa
20 quiabos
6 maxixes
6 jilós
5 cebolas pequenas
3 dentes de alho
6 ovos
½ xícara (chá) de folhas de coentro
caldo de 2 limões
1 colher (sopa) de azeite de oliva
2 colheres (sopa) de sal
3 pimentas-de-cheiro inteiras

1. Numa tigela, coloque as postas de peixe e regue com o caldo dos limões. Tempere com 2 colheres (sopa) de sal e misture delicadamente. Cubra a tigela com filme e leve à geladeira por meia hora.
2. Lave e seque os quiabos, os maxixes e os jilós. Com uma faquinha de legumes, corte e descarte os cabinhos.
3. Descasque as cebolas e os dentes de alho. Pique fino apenas 1 cebola e 1 dente de alho com o coentro.
4. Corte na metade, no sentido do comprimento, os maxixes, os quiabos e o restante das cebolas.
5. Leve uma panela grande, de preferência de barro, ao fogo médio. Quando aquecer, coloque o azeite e refogue a cebola e o alho picados com o coentro até murchar, por cerca de 5 minutos. Desligue o fogo.
6. Arrume as postas de peixe na panela e coloque as cebolas em metades e os dentes de alho inteiros entre as postas.
7. Volte a panela tampada ao fogo baixo por cerca de 8 a 10 minutos ou até que se forme bastante caldo, mas sem cozinhar o peixe demais.
8. Junte à panela os maxixes, os jilós e as pimentas-de-cheiro e regue com 1/3 de xícara (chá) de água. Tampe novamente e deixe cozinhar por 5 minutos.
9. Junte os quiabos e deixe cozinhar por mais 15 minutos, com a panela tampada.
10. Enquanto o peixe cozinha, numa panela à parte, coloque os ovos, cubra com água e leve ao fogo médio. Quando começar a ferver, deixe cozinhar por 6 minutos. Retire os ovos e transfira para uma tigela com água e gelo. Depois de 2 minutos, descasque os ovos — role cada um na bancada para craquelar a casca. Com a ponta da faca, faça um furinho no ovo e, a partir dele, abra-o em duas metades. Junte ao escaldado na hora de servir.

PARA O PIRÃO
2 xícaras (chá) do caldo do peixe
1 xícara (chá) de farinha de mandioca torrada

Com uma concha, transfira cerca de 2 xícaras (chá) de caldo do escaldado para uma panela média e leve ao fogo alto. Quando ferver, junte a farinha aos poucos mexendo sem parar com um batedor de arame, até formar uma mistura lisa. Cozinhe por 10 minutos ou até a farinha ficar transparente. Sirva bem quente, acompanhando o escaldado de peixe.

No ancoradouro, meia dúzia de canoas, o barco de Pirica, a lancha de Elieser e os caranguejos, gordos, gordíssimos. Em matéria de comida, nada se compara a um escaldado de caranguejo com pirão de farinha de mandioca, verde-escuro, pirão de lama como se chama aqui. Nunca comeram? Uma lástima, não sabem o que é bom. Manjar a exigir tempo e paciência para catar a carne dos caranguejos, pata por pata, faz-se raro até mesmo em Agreste onde sobram o tempo e o gosto. Mas vale a pena, eu asseguro. É de se lamber os dedos; come-se com a mão, ensopando-se o pirão na gordura verde do molho, na lama incomparável do caranguejo.

Tieta do Agreste

Até *com* lama

Pirão é facinho de fazer, mas nem sempre se come a mesma receita. Para acompanhar o escaldado de caranguejo, o mais comum é o feito com o caldo do cozimento do crustáceo, como é ensinado aqui. No entanto, pode ser bem mais forte e pesado, se a ele se acrescentar a lama esverdeada e escura que fica na barriga do caranguejo, fazendo o "pirão de lama", que é citado em Tieta do Agreste. Mas se o desejo for de um pirão mais leve, então cozinhe apenas em água a mesma quantidade de temperos que usou no preparo dos caranguejos, formando um caldo, e com ele faça o pirão.

Acompanhe tudo com o molho lambão, cuja receita está na página 54.

COME-SE ESCALDADO DE CARANGUEJO EM: Tieta do Agreste.

ESCALDADO *de* CARANGUEJO

SERVE 6 PESSOAS

---

12 caranguejos
3 tomates
3 cebolas
1 molho de coentro
1 pimentao
3 dentes de alho
2 colheres (sopa) de azeite de oliva
sal a gosto

PARA O PIRÃO
½ kg de farinha de mandioca

1. Lave muito bem os caranguejos, ainda vivos, esfregando com uma escovinha para retirar toda a areia e toda a lama.

2. Quando estiverem limpinhos, coloque-os numa panela grande com água fervendo.

3. Passe todos os temperos — tomates, cebolas, coentro, pimentão e alho — no liquidificador e coloque na panela do caranguejo.

4. Acrescente azeite e sal e deixe cozinhar. Os caranguejos estarão cozidos quando mudarem de cor, ficando bem vermelhos.

5. Retire os caranguejos da panela.

6. Em outra panela, coloque a farinha de mandioca e umas conchas de caldo do cozimento dos caranguejos.

7. Mexa sem parar e continue acrescentando o caldo até o pirão ficar pronto (escaldado).

8. O caranguejo é servido inteiro, com um martelinho ou outro instrumento que o quebre, sobre uma tábua (para nao sujar demais a mesa), acompanhado de pirão, pimenta e molho lambão.

O poeta Shopel devorava frangos assados no espeto:

— Ah! como eu compreendo Dom João VI, menino! Um franguinho assim, dourado do fogo, com a gordura escorrendo... Esse frango é um poema, menino, não há verso que valha uma gota da sua gordura.

Hermes Resende, sociólogo e historiador de sucesso, preferia os peixes fluviais, preparados com leite de coco, mas, à exceção desse detalhe, se punha de acordo com o poeta:

— Não há dúvida ser o fazendeiro o único tipo realmente culto do Brasil...

AGONIA DA NOITE, OS SUBTERRÂNEOS DA LIBERDADE, VOL. 2.

Não *só*, mas também

Se o amigo sofre do estômago e deseja fazer uma dietazinha — talvez por andar abusando demais do dendê —, antes de chegar ao estágio do escaldado de peixe, bem levinho, passe pelo peixe ao leite de coco, que dizem ser mais leve que uma moqueca e tem sabor admirável.

Mas se o amigo não sofre do estômago e só consegue pensar nas delícias do dendê, pare um pouquinho e coma um peixe ao leite de coco, para ver que também é uma ótima opção.

COME-SE PEIXE AO LEITE DE COCO EM: AGONIA DA NOITE, OS SUBTERRÂNEOS DA LIBERDADE, VOL. 2.

PEIXE AO LEITE DE COCO
SERVE 6 PESSOAS
TEMPO DE PREPARO: 15 MINUTOS + 15 MINUTOS NA GELADEIRA + 25 MINUTOS NA PANELA

6 postas do peixe branco que preferir (como robalo, namorado, vermelho ou garoupa)
caldo de 2 limões
2 cebolas médias
2 tomates grandes
3 dentes de alho
½ xícara (chá) de folhas de coentro
1 pimenta-de-cheiro
2 colheres (sopa) de azeite de oliva
1 xícara (chá) de leite de coco
1 pitada de pimenta-do-reino
2 colheres (chá) de sal

1. Descasque as cebolas e os dentes de alho. Numa tábua, pique fino 1 cebola, 1 tomate, as folhas de coentro e a pimenta-de-cheiro. Transfira para uma tigela grande. Corte o outro tomate e a outra cebola em rodelas e reserve.
2. Num escorredor, coloque as postas de peixe, regue com o caldo de limão e deixe escorrer bem.
3. Transfira o peixe para a tigela com os temperos picadinhos e adicione o sal e a pimenta-do-reino. Cubra com filme e leve à geladeira por 15 minutos.
4. Numa panela grande, de preferência de barro, arrume as postas de peixe (com os temperos picados), cubra com as rodelas de tomate e cebola e regue com o azeite.
5. Leve a panela tampada ao fogo médio. Quando começar a ferver, conte 15 minutos e regue com o leite de coco. Deixe cozinhar por mais 2 minutos e desligue o fogo. Sirva a seguir com arroz branco.

Marque no calendário

É gostoso comer peixe frito no azeite de dendê, tomando uma cerveja, em festa de largo: as barraquinhas armadas, a comida cheirosa, a bebida gelada, a risada, o papo, a animação. Mas quando e onde? Elas começam em 31 de dezembro, na igreja da Boa Viagem, na Cidade Baixa, bom lugar para ver a passagem do ano, esperando pela procissão marítima de Nosso Senhor dos Navegantes no dia 1º de janeiro. Na terceira quinta-feira de janeiro ocorre a lavagem da igreja de Nosso Senhor do Bonfim. Na segunda-feira seguinte, vai-se à Ribeira para um sambinha, preparando-se para saudar Iemanjá no dia 2 de fevereiro no Largo de Santana, no Rio Vermelho. Depois vem o Carnaval, que atualmente dura mais de uma semana em Salvador.

Em todos esses lugares, é possível comer um bom peixe frito no dendê. E em outros mais também, porque entre uma grande festa e outra pode-se comer o peixinho numa *lavagem* de um bar, de uma escadaria de casa, uma garagem ou um salão de cabeleireiro, pois tudo é pretexto para fazer a festa. Uma vez lavaram uma escultura de Calasans Neto em Itapuã e teve até discurso.

COME-SE PEIXE FRITO NO DENDÊ EM: Mar morto, Dona Flor e seus dois maridos, Tenda dos Milagres e O sumiço da santa.

— Contam que, certa feita, uma iabá, sabendo da fama de mulherengo de Pedro Archanjo, resolveu lhe dar uma lição, fazendo dele gato e sapato e para isso virou na cabrocha mais catita da Bahia...

— Iabá? Que é isso? — instruía-se Arno.

— Uma diaba com o rabo escondido.

Jantaram ali mesmo, no bar, peixe frito no azeite amarelo, cerveja gelada e copiosa para regar o dendê; lamberam os beiços. Por duas vezes, em meio à refeição, o major propôs rodadas de cachaça para "desfeitear a cerveja".

Tenda dos Milagres

PEIXE FRITO NO DENDÊ
SERVE 6 PESSOAS
TEMPO DE PREPARO: 15 MINUTOS + 1 HORA NA GELADEIRA + 20 MINUTOS PARA FRITAR

6 postas de badejo ou outro peixe branco que preferir
(como garoupa, robalo ou namorado)
3 dentes de alho
1 ½ colher (sopa) de sal
caldo de 3 limões
1 ½ xícara (chá) de farinha de mandioca fina
3 xícaras (chá) de azeite de dendê
gomos de limão para servir

1. Coloque as postas de peixe num escorredor e passe por água corrente. Deixe escorrer e transfira para uma tigela.
2. Num pilão, amasse os dentes de alho com o sal. Junte o caldo do limão e, com essa misturinha, tempere as postas na tigela. Cubra com filme e leve à geladeira por 1 hora.
3. Forre uma travessa grande com papel-toalha e, numa tigela, coloque a farinha de mandioca.
4. Escorra o tempero e seque o peixe com um pano de prato limpo. Transfira as postas, uma a uma, para a tigela com farinha e empane até cobrir bem.
5. Leve uma panela grande com o azeite de dendê ao fogo médio para esquentar. Quando aquecer, coloque 2 postas de peixe por vez e deixe fritar dos dois lados, até que estejam dourados. Com uma escumadeira, transfira para a travessa forrada com papel-toalha.
6. Repita o processo com as outras postas e sirva a seguir, com gomos de limão.

Para agradar o escritor

Amigo de Jorge Amado de toda a vida, o último coronel de cacau Raymundo de Sá Barreto, alma generosa, gostava de dar presentes. Quando o escritor estava na Bahia, não era surpresa ver desembarcar na porta da rua Alagoinhas um isopor enorme cheio de pitus. Eles vinham direto de Ilhéus: o fazendeiro sabia da predileção do amigo pelos crustáceos de água doce do rio Cachoeira. Às vezes, Raymundo ia pessoalmente entregá-los, comia um bolo confeitado, tomava um cafezinho, batia um papo animado. Enquanto isso, na cozinha, Eunice já preparava os pitus. Era certo ter para o jantar pitus com ovos escalfados (poché), que era a maneira perfeita de cozinhá-los, na opinião geral da família.

COME-SE PITU COM OVOS ESCALFADOS EM: Tieta do Agreste.

Dona Eufrosina mandara buscar as malas do doutor na pensão de dona Amorzinho. Não iria deixar um colega do marido pagando hospedagem. Cozinhou para ele galinha de parida, prato preferido do dr. Fulgêncio, escalfado de pitu com ovos, carne de sol com pirão de leite. Na falta de doentes, os petiscos, os doces, as frutas.

Tieta do Agreste

PITU (OU CAMARÃO-ROSA) COM OVOS ESCALFADOS
SERVE 6 PESSOAS
TEMPO DE PREPARO: 15 MINUTOS + 1 HORA PARA MARINAR + 50 MINUTOS NA PANELA

1 kg de pitu, lagostim ou camarão-rosa grande, sem cabeça e descascado (peça ao peixeiro as cascas e as cabeças, pois serão usadas para fazer o caldo)
1 cebola
1 dente de alho
2 tomates
½ xícara (chá) de folhas de coentro
caldo de 2 limões
3 colheres (sopa) de azeite
4 ovos
sal e pimenta-do-reino moída na hora

1. Descasque e pique fino a cebola e o dente de alho. Corte os tomates em cubinhos. Pique fino o coentro e reserve algumas folhas para decorar o prato. Divida esses temperos em duas tigelas.

2. Em uma das tigelas, junte o caldo de limão e misture bem. Reserve a outra, coberta com filme, na geladeira.

3. Sob água corrente, lave o camarão com cuidado. Transfira para a tigela dos temperos picados com o caldo de limão, tempere com sal e pimenta-do-reino e misture. Cubra com filme e leve à geladeira por 1 hora.

4. Lave as cabeças e as cascas de camarão. Leve uma panela grande com 1 colher (sopa) de azeite ao fogo médio. Quando aquecer, junte as cascas e as cabeças e refogue até ficarem alaranjadas. Junte 3 xícaras (chá) de água e deixe cozinhar por 30 minutos. Tempere com sal, desligue o fogo, coe o caldo e descarte as cascas e cabeças.

5. Leve uma panela de barro com o azeite restante ao fogo médio. Quando aquecer, junte os temperos picados reservados e também os da marinada (sem o camarão) e refogue por 5 minutos. Tempere com sal e pimenta-do-reino e misture bem.

6. Junte os camarões e o caldo preparado, baixe o fogo e deixe cozinhar por 10 minutos com a panela tampada.

7. Numa tigelinha, quebre 1 ovo. Verifique se está bom e coloque-o sobre o camarão. Repita o procedimento com todos os ovos e tempere com sal e pimenta-do-reino.

8. Tampe a panela e deixe cozinhar por mais 5 minutos ou até que as claras estejam cozidas e as gemas, ainda moles. Decore com as folhas de coentro reservadas. Sirva com arroz branco e molho de pimenta.

Festa maior a de São João, com grande fogueira, montanhas de milho, rojões de foguetes, salvas de morteiro, estouro de bombas e a dança arretada. Vinha gente de toda a redondeza, a cavalo, em carro de boi, a pé, de caminhão e de ford. Raimundo Alicate matava um porco, um cabrito, um carneiro [...].

Tereza Batista cansada de guerra

Dos assados *de* carne

Uma das histórias preferidas de Jorge Amado, aquela que ele contava sempre que se via no meio de uma discussão sobre os melhores pratos, era a de um escritor espanhol que dizia ter perguntado a um camponês qual era a ave de melhor sabor. O camponês pensou, pensou e começou a fazer conjecturas: a galinha é uma ave muito saborosa, bem assada fica uma delícia; mas também o peru, ave grande e tenra, tem o seu momento; e a codorna, uma gostosura... E assim foi, de ave em ave, até que disse: "Mas se porco voasse...".

O escritor baiano compartilhava dessa opinião: nem a melhor ave pode ser comparada a um porco. Sendo filho de Oxóssi — quem sabe o camponês espanhol também era? —, a predileção recaía sobre o porco-do-mato, o caititu, de carne mais agreste.

Na cozinha fritam montanhas de bolinhos de bacalhau e de pastéis. Três ajudantes, à base de polpudas gratificações, duas primas e uma cunhada vieram auxiliar Eunice, fiel pau-para-toda-obra a serviço da família Moreira desde tempos imemoriais. Uma delas, especialista em doces, se encarregou de preparar quindins, fios de ovos, olhos de sogra, bons-bocados, brigadeiros. Dona Conceição, ao passar, mastiga um quindim, está uma delícia. No forno, o presunto enorme; prontos, o peru e o pernil de porco.

Farda, fardão, camisola de dormir

A casca ninguém tasca

O pernil de porco sempre foi o preferido da família Amado. Mais do que o pernil, eu diria que era a casquinha escura, salgadinha e crocante, que se forma em torno dele, o objeto de disputa. A divisão justa da melhor parte ficava difícil quando James, irmão do escritor, estava presente: ao saber que do menu fazia parte um pernil de porco, ele se punha em estado de alerta e ficava rondando a mesa. Se, por descuido ou ignorância da anfitriã, o porco fosse o primeiro prato a ser servido, muito antes da farofa chegar à mesa, logo o pernil estava com outra aparência: a carne branquinha à mostra. Toda a crosta escura e deliciosa que o envolvia poderia ser encontrada no prato do caçulinha de dona Lalu. Às reclamações, James respondia sem constrangimento: "É que eu gosto muito".

COME-SE PERNIL ASSADO EM: Os pastores da noite, Dona Flor e seus dois maridos e Farda, fardão, camisola de dormir.

PERNIL ASSADO
SERVE 8 PESSOAS
TEMPO DE PREPARO: 15 MINUTOS + 12 HORAS PARA MARINAR + 4H30 NO FORNO

PARA O PERNIL
1 pernil de porco de cerca de 3 kg
9 dentes de alho
6 folhas de louro
4 ramos de alecrim
1 garrafa de vinho tinto (750 ml)
sal e pimenta-do-reino moída na hora

NA VÉSPERA

1. Numa assadeira grande que comporte o pernil, coloque os ramos de alecrim, o louro, o vinho tinto, o sal e a pimenta-do-reino.
2. Numa tábua, esmague os dentes de alho com a lateral da lâmina da faca (apertando com a palma da mão). Descarte as cascas, que irão se soltar. Transfira para a assadeira.
3. Com a ponta de uma faca afiada, faça incisões ao longo da carne do pernil. Transfira para a assadeira, cubra com papel-alumínio e leve à geladeira por cerca de 12 horas, virando o pernil na marinada pelo menos duas vezes.

NO DIA DE ASSAR

1. Preaqueça o forno a 160 °C (temperatura baixa) e retire a assadeira da geladeira para quebrar o gelo, cerca de 20 minutos antes de levar ao forno.
2. Certifique-se de que o papel-alumínio está bem vedado e leve a assadeira ao forno por 3 horas, sem abrir a porta.
3. Retire do forno e, com cuidado para não se queimar com o vapor, retire o papel-alumínio. Regue a carne com o caldo do cozimento e cubra novamente com o papel-alumínio. Volte ao forno e deixe assar por mais 1 hora.
4. Retire o papel-alumínio, regue com mais caldo e deixe no forno até dourar, cerca de 30 minutos.
5. Transfira o pernil para uma tábua e deixe descansar em temperatura ambiente com papel-alumínio, por cerca de 10 minutos, antes de fatiar.

PARA A FAROFA

1 ½ xícara (chá) de farinha de mandioca
sal e pimenta-do-reino moída na hora a gosto

1. Passe o caldo que se formou no fundo da assadeira por uma peneira e transfira para uma molheira — reserve a assadeira sem limpar.
2. Retire as ervas e leve a assadeira ao fogo médio. Salpique a farinha de mandioca e misture bem. Deixe torrar um pouco, cerca de 2 minutos. Verifique os temperos e, se necessário, tempere com sal e pimenta-do-reino. Desligue o fogo e transfira a farofa para uma tigela.
3. Transfira o pernil fatiado para uma travessa e sirva com a farofa e o molho à parte.

A *tal* mal-assada

Há quem pense que mal-assada é a mesma coisa que rosbife. Ledo engano. A diferença principal está no ponto de cozimento da carne: apesar do nome, na mal-assada, dificilmente a carne pronta apresenta o miolo vermelho, quase cru. Ela é mal assada em relação ao assado tradicional. Uma maneira de fazê-la é a de Clara Velloso, descrita a seguir. Outra, charqueia a carne ao sol, depois de abri-la em manta e temperá-la. Duas horas sob o sol forte bastam; refaz-se a forma do filé, amarra-se, e a receita de uma mal-assada é seguida normalmente. Nesse caso, até o sol ajuda para que a carne não venha mesmo crua para a mesa. Garanto que fica ótimo!

O restaurante Colón, onde Danilo (de *O sumiço da santa*) vai às sextas-feiras comer mal-assada, não existe mais. Nos anos 1960, ainda funcionando ao lado do elevador Lacerda, recebeu para almoço o poeta italiano Ungaretti, convidado de Zélia e Jorge Amado. O Colón que ainda se mantém em atividade é o do Comércio. Ele era antigamente ponto de encontro do pessoal do cacau; lá sempre se podia encontrar o fazendeiro Moysés Alves, rodeado de amigos.

COME-SE MAL-ASSADA EM: TEREZA BATISTA CANSADA DE GUERRA E O SUMIÇO DA SANTA.

Aconteceu, porém, que, em meio à confusão da manhã azarada, Adalgisa esquecera o dia da semana, a sexta-feira. Tão fora de si, não se lembrara do almoço do tabelião nem do escaldado de miolos. Havia mais de vinte anos, todas as sextas-feiras, o chefe de Danilo, o tabelião Wilson Guimarães Vieira, além de chefe, amigo, levava um grupo de convidados a um restaurante da Cidade Baixa, o Colón, onde se comia uma mal-assada cujo sabor oscilava entre o sublime e o divino. Adalgisa aproveitava a ausência do marido para preparar e se regalar com miolo ensopado, seu prato preferido. Danilo era alérgico a miolos, e, por mais estranho que nos pareça, a rabada.

O SUMIÇO DA SANTA

MAL-ASSADA

SEGUNDO RECEITA DE CLARA VELLOSO
SERVE 6 PESSOAS
TEMPO DE PREPARO: 25 MINUTOS + 30 MINUTOS PARA TEMPERAR

1 kg de filé-mignon (peça ao açougueiro para limpar o cordão e a pele da carne)
5 dentes de alho
2 cebolas grandes
¼ de xícara (chá) de folhas de hortelã
1 colher (chá) de açúcar
1 colher (sopa) de sal
1 colher (chá) de cominho em pó
pimenta-do-reino moída na hora a gosto
4 colheres (sopa) de óleo

1. Numa tábua, pique fino todo o alho, 1 cebola e as folhas de hortelã. Fatie a cebola restante em rodelas finas e reserve. Transfira os temperos picados para uma tigela grande que comporte a carne. Misture o sal, a pimenta-do-reino e o cominho.

2. Junte a carne à tigela e, com as mãos, espalhe o tempero. Cubra com filme e leve à geladeira por 30 minutos.

3. Leve ao fogo baixo uma panela grande com 2 colheres (sopa) de óleo. Quando aquecer, junte a cebola em rodelas. Salpique o açúcar e mexa de vez em quando, até que fique bem dourada. Retire a cebola e reserve.

4. Sem limpar a frigideira, regue com o óleo restante e coloque a carne para dourar 2,5 minutos de cada um dos quatro lados — e vá virando com uma pinça. Volte a cebola caramelada à frigideira, apenas para aquecer.

5. Sirva a carne fatiada fino, com as cebolas por cima.

Durante a comida, dona Flor notou na voz e nos modos do esposo uma gravidade maior, atingindo as raias do solene. O boticário era de hábito um tanto quanto formal, como se sabe. Mas, naquela tarde, o rosto fechado, o silêncio, o comer desatento revelavam preocupação e desassossego. Dona Flor observou o marido enquanto lhe passava a travessa de arroz e lhe servia o lombo cheio (cheio com farofa de ovos, linguiça e pimentão). O doutor tinha algum problema sério, sem dúvida, e dona Flor, boa esposa e solidária, logo se inquietou, ela também.

Quando chegaram ao café (acompanhado de beijus de tapioca, um maná do céu), dr. Teodoro finalmente disse, ainda assim a custo [...].

Dona Flor e seus dois maridos

LOMBO (DE LAGARTO) ASSADO CHEIO
SERVE 6 PESSOAS
TEMPO DE PREPARO: 12 HORAS NA VINHA-D'ALHOS + 3H30 NA PANELA

PARA A VINHA-D'ALHOS
1,5 kg de lagarto (peça ao açougueiro que faça um corte em cruz na carne, no sentido do comprimento, mas sem chegar ao final, para que possa ser recheada)
3 dentes de alho
3 folhas de louro
3 ramos de alecrim
2 xícaras (chá) de vinho tinto
sal e pimenta-do-reino a gosto

1. Prepare a vinha d'alhos na véspera: numa tigela grande, que comporte a carne, coloque os ramos de alecrim, o louro, o vinho tinto, o sal e a pimenta-do-reino.
2. Numa tábua, esmague os dentes de alho com a lateral da lâmina da faca (apertando com a palma da mão). Descarte as cascas, que irão se soltar. Transfira o alho para a tigela com o vinho temperado.
3. Coloque a carne, cubra com filme e leve à geladeira por cerca de 12 horas, virando a carne na marinada, pelo menos duas vezes.

PARA A FAROFA
200 g de paio
1 cebola
1 pimentão
3 ovos
2 xícaras (chá) de farinha de mandioca torrada
1 colher (sopa) de óleo
sal a gosto

1. Numa tábua, descasque e pique fino a cebola. Corte o topo do pimentão, descarte as sementes e pique-o em cubinhos. Corte também o paio em cubinhos.
2. Leve ao fogo médio uma panela com o óleo. Quando aquecer, refogue a cebola até ficar transparente. Acrescente o pimentão e refogue por 1 minuto. Junte o paio e refogue por mais 2 minutos.
3. Numa tigelinha à parte, quebre os ovos. Acrescente à panela e misture bem, até cozinhar, cerca de 2 minutos. Junte a farinha e deixe dourar um pouco, mexendo sempre. Verifique os temperos e, se necessário, adicione mais um pouco de sal.

PARA COZINHAR
3 colheres (sopa) de óleo

1. Com uma colher, recheie a cavidade feita na carne com a farofa (não descarte a farofa que restar, ela será servida com a carne depois de pronta).
2. Com uma agulha grande e barbante, costure a abertura para vedar e não molhar a farofa.
3. Leve ao fogo médio uma panela (grande o suficiente para cozinhar a carne). Quando aquecer, regue com o óleo e vá dourando a carne, cerca de 1 minuto de cada lado.
4. Baixe o fogo e regue a carne com a vinha-d'alhos. Tampe a panela e deixe cozinhar por 3h30, virando a carne com cuidado de vez em quando. Sempre que o caldo começar a secar, coloque 1 xícara (chá) de água.
5. Faltando 5 minutos para terminar o cozimento, destampe a panela parcialmente, para reduzir um pouco o caldo (se secar demais, regue com água fervente aos poucos).
6. Retire a carne da panela e, com cuidado, corte em fatias de cerca de 1,5 cm de espessura. Passe pela peneira o molho que se formou na panela e transfira para uma molheira.
7. Sirva a carne fatiada com arroz, a farofa bem quentinha e o molho à parte.

COME-SE LOMBO (DE LAGARTO) ASSADO CHEIO EM: Dona Flor e seus dois maridos.

O coronel Maneca aceitava vinho. Enjoo não ia com ele.

— Tou aqui é como se tivesse em minha cama lá na Auricídia. Auricídia é o nome lá da minha rocinha, capitão. Se quiser passar uns dias lá comendo carne-seca...

Ferreirinha riu escandalosamente:

— Carne-seca... Capitão, na Auricídia almoço é banquete, jantar é festa de batizado. Dona Auricídia tem umas negras na cozinha que têm mão de anjo... — e o coronel Ferreirinha passava a língua nos lábios gulosamente, como se estivesse vendo os pratos.

TERRAS DO SEM-FIM

Das carnes-secas

Um alimento une toda a obra de Jorge Amado: a carne salgada, seca ao sol ou charqueada. A carne-seca (charque, jabá ou carne do sertão) é a carne aberta em manta, salgada e prensada. A carne de sol é salgada e seca no sol, também aberta em manta. Ela aparece direta ou indiretamente em todos os livros, menos em *O país do Carnaval* — em que se come pouco — e em *A morte e a morte de Quincas Berro Dágua* — o livro da moqueca de peixe.

Alimento importantíssimo: é nutritivo e conserva-se por muito tempo, daí que podia ser levado em longas viagens, como nas travessias do sertão para fugir da seca. Ainda mais resistente fica a carne-seca pilada com cebola crua, junto com farinha de mandioca, resultando na paçoca, comida deliciosa, que dura meses guardada numa lata, ou transportada em embornais, como faziam os cangaceiros. A carne-seca mistura-se bem com o feijão, dando-lhe um gosto especial, combina às mil maravilhas com as frutas ou, simplesmente, é comida com farinha de mandioca, dando ao estômago a sensação de cheio.

Carne-seca é alimento do mais pobre, do trabalhador do cacau, do retirante, mas é também comida de santo: com ela se faz arroz de hauçá, que é o prato preferido de Omolu.

À moda africana

Não conheci arroz de hauçá mais famoso do que o de Rosa Araújo, cozinheira de dona Arlete e de Antonio Carlos Magalhães. Seu tempero deu até notícia em jornal: os periódicos publicaram os elogios do comandante Fidel Castro quando comeu seu arroz de hauçá no Palácio de Ondina.

Esse era mais um dos pratos prediletos de Jorge Amado. Assim como o efó, é difícil de fazer e só serve se for muito benfeito. Na casa do Rio Vermelho, quando queria homenagear algum amigo querido, chamava dona Maria para preparar um arroz de hauçá onde não se encontrava defeito.

COME-SE ARROZ DE HAUÇÁ EM: JUBIABÁ, DONA FLOR E SEUS DOIS MARIDOS E O SUMIÇO DA SANTA.

Na sala tinham oferecido pipocas à assistência e lá dentro foi servido xinxim de bode e de carneiro com arroz de hauçá. Nas noites de macumba os negros da cidade se reuniam no terreiro de Jubiabá e contavam as suas coisas. Ficavam conversando noite afora, discutindo os casos acontecidos nos últimos dias. Mas naquela noite eles estavam meio encabulados por causa do homem branco que tinha vindo de muito longe só para assistir à macumba de pai Jubiabá. O homem branco comera muito xinxim de bode e lambera os beiços com o arroz de hauçá. Antônio Balduíno soubera que este homem fazia abc e andava correndo o mundo todo. No princípio pensara que ele fosse marinheiro. O Gordo afirmava que ele era andarilho. Fora aquele poeta que comprava os seus sambas quem lhe trouxe o homem branco.

JUBIABÁ

ARROZ DE HAUÇÁ

SEGUNDO RECEITA DE DONA MARIA
SERVE 4 PESSOAS
TEMPO DE PREPARO: 12 HORAS PARA DESSALGAR + 30 MINUTOS + 50 MINUTOS

PARA A CARNE COM CAMARÃO
500 g de carne-seca
1 cebola pequena
½ xícara (chá) de leite de coco
1 colher (sopa) de azeite de oliva
1 colher (sopa) de azeite de dendê
30 g de camarão seco

NA VÉSPERA
Numa tigela, coloque a carne-seca e cubra com água fria. Leve à geladeira e deixe de molho por no mínimo 12 horas, trocando a água três ou quatro vezes.

1. Com uma faca afiada, corte a carne em cubos de 0,5 cm. Transfira para a panela de pressão e cubra com o dobro de água.
2. Tampe a panela e leve ao fogo alto. Quando começar a apitar, deixe cozinhar por 10 minutos e desligue o fogo. Depois que toda a pressão sair, abra a panela — se quiser acelerar, coloque a panela sob água corrente fria ou levante a válvula com um garfo, mas saiba que isso costuma encurtar a vida útil da panela de pressão.
3. Enquanto a carne cozinha, descasque e fatie a cebola em rodelas finas.
4. Leve uma panela ao fogo médio com os azeites de oliva e dendê. Quando aquecer, junte a cebola e refogue por 3 minutos. Acrescente a carne-seca e refogue por 10 minutos, mexendo de vez em quando.
5. Quando a carne dourar, regue com o leite de coco e junte o camarão seco. Misture bem e cozinhe até secar. Desligue e tampe a panela.

PARA O ARROZ
2 xícaras (chá) de arroz
1 xícara (chá) de leite de coco
1 dente de alho picado fino
1 cebola picada fino
2 ½ xícaras (chá) de água
3 colheres (sopa) de óleo
sal a gosto

1. Leve uma chaleira ao fogo médio e ferva a água.
2. Num escorredor ou peneira, lave o arroz em água corrente até que a água pare de escorrer branca. Escorra bem o arroz. →

3. Leve uma panela ao fogo médio com o óleo. Quando aquecer, adicione a cebola e refogue por 2 minutos. Junte o alho e cozinhe por mais 1 minuto. Adicione o arroz e mexa bem. Antes de começar a grudar no fundo da panela, despeje a água quente, tempere com sal e misture bem. Baixe o fogo e deixe cozinhar por cerca de 7 minutos.

4. Quando o arroz estiver quase seco, junte o leite de coco, misture e cozinhe por mais 5 minutos. Desligue o fogo e deixe a panela tampada por 10 minutos antes de abrir, em cima da boca quente do fogão. Antes de servir, solte o arroz com um garfo.

PARA O MOLHO
1 cebola pequena
½ tomate sem pele e sem semente
½ xícara (chá) de camarão seco
1 colher (sopa) de azeite de oliva
1 colher (sopa) de azeite de dendê
½ pimenta-malagueta
caldo de meio limão

1. No liquidificador, bata a cebola, o tomate, o camarão seco e a pimenta-malagueta até ficar homogêneo.
2. Leve uma panela com os azeites de oliva e dendê ao fogo. Quando aquecer, junte a pasta de camarão seco e refogue por 2 minutos. Regue com o caldo de limão, misture bem e desligue o fogo.

PARA A MONTAGEM
¾ de xícara (chá) de camarão seco
1 cebola pequena
½ xícara (chá) de leite de coco
½ colher (sopa) de azeite de oliva
1 colher (sopa) de azeite de dendê

1. Numa tábua, descasque e pique fino a cebola.
2. Leve ao fogo médio uma frigideira com os azeites de oliva e dendê. Quando aquecer, junte a cebola e refogue por 3 minutos. Adicione o camarão seco e o leite de coco e refogue por mais 2 minutos. Reserve para decorar o prato.
3. Umedeça com água uma tigelinha de suflê individual ou a fôrma que preferir. Com uma colher, pressione o arroz. Desemborque em um prato e, antes de desenformar, espere 2 minutos — assim o arroz não desmonta tão facilmente.
4. Com cuidado, arrume a carne-seca por cima e em volta do arroz. Salpique alguns camarões secos refogados e sirva a seguir, com o molho à parte.

Os combatentes traziam farnel variado e copioso: sanduíches, frutas, ovos cozidos, frangos assados, bolinhos de bacalhau, peixe frito, carne-seca desfiada na cebola, carne de boi assada no molho de ferrugem, costeletas de porco, empadinhas e pastéis de camarão, roletes de cana: lista interminável, própria para abrir o apetite, botar água na boca.

O SUMIÇO DA SANTA

CARNE-SECA DESFIADA COM CEBOLA

SERVE 4 PESSOAS
TEMPO DE PREPARO: 12 HORAS DE MOLHO + 50 MINUTOS NA PRESSÃO + 15 MINUTOS NA FRIGIDEIRA

500 g de carne-seca, cortada em cubos grandes
2 cebolas
1 tomate
1 pimentão verde
2 colheres (sopa) de óleo

NA VÉSPERA
Numa tigela, coloque a carne-seca e cubra com água fria. Leve à geladeira e deixe de molho por no mínimo 12 horas, trocando a água três ou quatro vezes.

1. Escorra a água e transfira a carne para um panela de pressão, complete com o dobro de água, tampe e leve ao fogo médio.
2. Quando a panela começar a apitar, deixe cozinhar por 50 minutos. Desligue e espere toda a pressão sair para abrir a tampa. Se quiser acelerar, coloque a panela sob água corrente fria ou levante a válvula com um garfo — mas saiba que isso costuma encurtar a vida útil da panela.
3. Enquanto a carne cozinha, descasque e fatie fino a cebola. Corte o topo do tomate e do pimentão, descarte as sementes e pique fino.
4. Com uma escumadeira, retire os cubos de carne da panela e transfira para uma tigela. Deixe esfriar por 5 minutos e, com cuidado para não se queimar, desfie a carne com as mãos ou com um garfo.
5. Leve uma frigideira de fundo antiaderente com o óleo ao fogo médio. Quando aquecer, junte a cebola e refogue até ficar transparente (cerca de 3 minutos).
6. Junte o pimentão e o tomate e refogue por mais 2 minutos.
7. Por último, acrescente a carne-seca e misture bem. Deixe cozinhar por 10 minutos, mexendo de vez em quando, até dourar. Sirva a seguir com farofa de manteiga.

COME-SE CARNE-SECA DESFIADA COM CEBOLA EM: O SUMIÇO DA SANTA.

Boa mira

Carne-seca assada é o prato mais simples, a comida do pobre: o sabor forte da carne, o sal cortado pela farinha (atirada à boca com a mão), ou pelo doce da banana ou da jaca, frutas maduras colhidas no pé — Zezinha do Butiá e Fadul a comem com graviola. Mesmo simples, ela não deixa de ter seus variados modos de preparação: chamuscada no fogo, assada na brasa num espeto, como a que Tição fez para Fadul, sobre três pedras, arrumadas sobre as brasas à guisa de fogão, e até mesmo numa grelha ou numa churrasqueira.

A mãe do escritor, Lalu, saboreava seu jabazinho — como gostava de chamar sua comida predileta — em pedaços miúdos, jogando com a mão a farinha na boca. Não caía nem um grãozinho fora.

COME-SE CARNE-SECA ASSADA EM: SEARA VERMELHA, GABRIELA, CRAVO E CANELA E TOCAIA GRANDE. COME-SE BANANA-DA-TERRA ASSADA EM: TOCAIA GRANDE.

Assava na brasa o pedaço de charque — encomendara um espeto a Castor Abduim, mestre ferreiro astucioso, pulso forte na bigorna, martelo maneiro no remate. A gordura da carne-seca pingava sobre a farinha de mandioca, não podia haver nada de melhor sabor, guloseima mais grata ao fino paladar de um grapiúna. Um naco de charque, um punhado de farinha e, para cortar o sal, bananas-prata bem maduras. Misturavam-se os sabores e os perfumes da jaca e do jabá, das bananas e da rapadura, dos cajás, das mangabas, dos umbus.

TOCAIA GRANDE

CARNE-SECA ASSADA

SERVE 6 PESSOAS

------------------=======================--------------------

    1 kg de carne-seca de alcatra

1. Deixe a carne-seca de molho de véspera, com água que a cubra inteiramente. Troque duas vezes essa água, para tirar o excesso de sal da carne.
2. Acenda um braseiro — ou uma churrasqueira. Quando estiver bem quente, coloque a carne para assar.
3. A carne pode ser colocada diretamente na grelha ou enfiada num espeto, como faz Fadul.
4. Acompanhe a carne-seca assada com farinha torrada e bananas-prata cruas ou bananas-da-terra assadas.

BANANA-DA-TERRA ASSADA
para ACOMPANHAR A CARNE-SECA

SEGUNDO RECEITA DE JORGE AMADO
SERVE 6 PESSOAS

------------------=======================--------------------

    6 bananas-da-terra
    2 xícaras de farinha de mandioca

1. Descasque as bananas.
2. Passe-as na farinha de mandioca.
3. Acenda um braseiro e, sobre ele, coloque as bananas enfarinhadas.
4. Quando as crostas de farinha endurecerem e racharem, retire as bananas do braseiro.
5. Bata nas crostas para que rachem inteiramente e se desprendam, deixando as bananas limpas e prontas para comer.

OBS. DO AUTOR DA RECEITA: *"É uma gostosura!"*.

Em dias de gula e de refinamento, numa ponta de galho aparada a canivete enfiava uma banana-da-terra e a tostava até vê-la cor de oiro, rasgada pelo calor. Para evitar que se queimasse, a envolvia numa camada de farinha, depois de descascá-la: gostosura.

Tocaia Grande

Daniel vinha diariamente, quase sempre em companhia de Justiniano, íntimos a conversar e rir; de coração palpitante Tereza acompanhava cada gesto, cada olhar da aparição celeste, querendo adivinhar mensagem de amor. Não estando presente o capitão, o jovem com um pé entrava com outro saía, bom dia, até logo, cigarros americanos para os caixeiros, para Tereza o olhar de quebranto, um muxoxo nos lábios significando um beijo, pouco para a fome desperta, exigente.

Em troca, todas as tardes merendava com as irmãs Moraes, mesa farta de doces, os melhores do mundo — de caju, de manga, de mangaba, de jaca, de goiaba, de araçá, de groselha, de carambola, quem cita de memória comete fatalmente injustiças, esquece na relação delícias essenciais, o de abacaxi, por exemplo, o de laranja-da-terra, ai meu Deus, o de banana em rodinhas! —, todas as variações do milho, das espigas cozidas à pamonha e ao manuê, sem falar na canjica e no xerém obrigatórios em junho, a umbuzada, a jenipapada, as fatias de parida com leite de coco, o requeijão, os refrescos de cajá e pitanga, os licores de frutas. Modesta merenda, diziam as irmãs; banquete de fadas, no galanteio guloso de Daniel.

Tereza Batista cansada de guerra

Dos doces

A confeitaria baiana soma-se aos doces de origem portuguesa, que se mantiveram quase da mesma maneira como aqui chegaram, as compotas de frutas da terra, perfumadas e saborosas, as passas — as de jenipapo e caju, originárias de Sergipe, são as mais apreciadas — e a grande variedade de cocadas.

Estamos falando aqui da sobremesa do almoço, excluindo de propósito todos aqueles bolos, mingaus, doces de milho, enfim, tudo o que compõe a farta merenda baiana, que está na segunda parte deste livro.

Na Bahia, na sobremesa de um almoço ou jantar, não se encontram somente os doces, mas também sorvetes de frutas — maracujá, cajá, manga, mangaba, umbu, pinha, abacaxi, goiaba, jaca — e as próprias frutas, bem frescas e saborosas, inteiras ou cortadas e misturadas como salada.

*Agora, cabe a eles, àqueles cinco crânios
regiamente pagos, colocar de pé o outro lado da
promoção, o único a contar verdadeiramente: o
empresarial, o dos anúncios, o que possibilita a
grana, o faturamento. Gastão Simas rola na boca,
sob os bigodes, a palavra-chave: faturamento
— tem-se a impressão que degusta ambrosia ou
caviar, um gole de vinho de cepa rara.*

TENDA DOS MILAGRES

Sob a lua cheia, sobeja, cravada no farol de Itapuã, Patrícia roubou um beijo ao padre Abelardo Galvão. Um beijo na boca, tinha sabor de crime e de ambrosia feita em casa.

O SUMIÇO DA SANTA

Dá certo

Aqui estão duas receitas de ambrosia, uma tradicional e outra mais rápida, feita com leite em pó. A autora desta última é a viúva do artista plástico Jenner Augusto, Luiza Silveira, doceira, como convém a uma boa sergipana. Não se deve ter preconceitos por causa do leite em pó: o resultado é muito bom. Mesmo James Amado, um expert em ambrosia, é incapaz de notar a diferença dessa para a de leite de vaca original.

COME-SE AMBROSIA EM: Dona Flor e seus dois maridos, Tenda dos Milagres, Tieta do Agreste, Tocaia Grande e O sumiço da santa.

Dr. Hélio Colombo, recordando a curta visita a Agreste, a pavorosa travessia de ida e volta, o caminho de mulas, a poeira e a sede, a mesa farta, o sabor e o tamanho dos pitus, a cor doirada e o incomparável paladar da ambrosia, reflete sobre as manhas e espertezas da gente do interior — caipiras, tabaréus. Parecem ingênuos e tolos, uns tabacudos. Vai-se ver, são uns finórios, enrolam os sabichões das metrópoles, na maciota.

Tieta do Agreste

AMBROSIA
SERVE 10 PESSOAS
TEMPO DE PREPARO: 1H20

5 ovos
1 litro de leite
2 xícaras (chá) de açúcar
1 colher (sopa) de vinagre
¼ de colher (chá) de caldo de limão
1 canela em rama
3 cravos-da-índia
2 xícaras (chá) de água

1. Numa panela, junte a água e o açúcar, mexendo até dissolver o açúcar. Junte a canela e os cravos e não mexa mais. Leve ao fogo médio por cerca de 10 minutos ou até formar uma calda fina.
2. Enquanto isso, separe as claras das gemas. Na batedeira, coloque as claras e bata em velocidade média até ficarem em neve. Em seguida, adicione as gemas uma a uma, batendo bem entre cada adição.
3. Desligue a batedeira e, com um batedor de arame, misture o leite aos ovos batidos.
4. Com uma espátula de silicone, misture os ovos batidos à calda de açúcar ainda no fogo. Acrescente o caldo de limão e o vinagre — se você nunca preparou ambrosia, nesse ponto parece que não vai dar certo: a clara se separa do líquido.
5. Mantenha o fogo médio e mexa com a espátula de silicone de vez em quando — aos poucos aparecerão pedaços do ovo já cozido. O doce estará pronto quando a calda reduzir pela metade (aproximadamente 1 hora).
6. Transfira para uma compoteira e deixe esfriar antes de servir.

AMBROSIA DE LEITE EM PÓ
SEGUNDO RECEITA DE LUIZA SILVEIRA
SERVE 8 PESSOAS
TEMPO DE PREPARO: 10 MINUTOS + 15 MINUTOS NA PANELA

1 ½ xícara (chá) de leite em pó
1 ovo
3 colheres (sopa) de água para a massa
½ xícara (chá) de açúcar
½ xícara (chá) de água para a calda
½ colher (chá) de vinagre
1 pitada de sal
canela e cravo em pó a gosto

1. No liquidificador, bata o leite em pó, o ovo, o sal e as 3 colheres (sopa) de água, até formar uma mistura cremosa.
2. Leve ao fogo médio uma panela com ½ xícara (chá) de água e o açúcar. Deixe ferver, sem mexer para não cristalizar, até que o açúcar tenha dissolvido totalmente e a calda esteja transparente. Desligue o fogo.
3. Despeje a mistura de leite na calda, acrescente o vinagre, a canela e o cravo e volte ao fogo médio, mexendo sempre, até talhar — a aparência é de um doce granulado grosso.
4. Transfira para uma compoteira ou pote de geleia com tampa e conserve na geladeira.

Ao fim da aula do turno matutino, quando tiravam a sorte para escolher quem levaria a compoteira de baba de moça para casa, dona Flor sentiu sua presença mesmo antes de vê-lo.

Até então não se acostumara com o fato de ser apenas ela a enxergá-lo e, ao dar com Vadinho junto à mesa, todo nu e exibido, estremeceu. Mas, como as alunas não reagiam ao escândalo, recordou-se de seu privilégio: para os demais seu primeiro marido era invisível. Ainda bem.

Dona Flor e seus dois maridos

Amarelo ovo

A baba de moça é um doce muito doce e saboroso. Segue a tradição dos doces de gema portugueses, mas o leite de coco lhe dá um quê especial. Pode ser feito mais consistente, para servir de sobremesa, ou mais mole, usado como recheio para bolos, rocamboles e tortas.

COME-SE BABA DE MOÇA EM: DONA FLOR E SEUS DOIS MARIDOS.

BABA DE MOÇA
SERVE 6 PESSOAS
TEMPO DE PREPARO: 1 HORA

10 gemas
1 ⅓ xícara (chá) de açúcar
1 xícara (chá) de água
⅔ de xícara (chá) de leite de coco
1 colher (chá) de água de flor de laranjeira (opcional)

1. Separe as gemas das claras — que podem ser congeladas ou usadas em outra preparação, como o creme de homem ou um pudim. Para garantir que todos os ovos usados estejam bons, quebre um de cada vez numa tigelinha separada e transfira a gema para uma tigela e a clara para outra.
2. Apoie uma peneira numa tigela e passe as gemas, espremendo com uma colher.
3. Numa panela, junte o açúcar, a água e misture com o dedo indicador. Leve ao fogo alto, sem mexer mais, por cerca de 20 minutos, até a calda ficar em ponto de fio. Para verificar, coloque uma colher na calda e levante: se formar um fio fino, está pronta. Neste ponto, desligue o fogo e deixe a calda esfriar por 7 minutos.
4. Acrescente o leite de coco e misture bem. Junte também as gemas e novamente misture bem.
5. Retorne a panela ao fogo baixo, mexendo sempre com uma colher de pau por cerca de 30 minutos. Se começar a grudar no fundo da panela, retire um pouco do fogo e continue mexendo. Se quiser, no fim, misture a água de flor de laranjeira. Transfira para uma compoteira e deixe esfriar antes de servir.

COCADA BRANCA
RENDE 20 UNIDADES
TEMPO DE PREPARO: 50 MINUTOS PARA A CALDA + 15 MINUTOS NA PANELA + 2 HORAS NA GELADEIRA

1 ¾ de xícara (chá) de açúcar
2 xícaras (chá) de água
3 xícaras (chá) de coco fresco ralado
açúcar para polvilhar

1. Numa panela, coloque o açúcar com a água e misture com o dedo indicador, até dissolver o açúcar. Leve ao fogo médio e deixe cozinhar por 50 minutos, sem mexer, até que fique em ponto de bala mole. Caso as laterais comecem a queimar, pincele um pouco de água na panela. Para testar o ponto, coloque uma colherada da calda (use uma colher de chá) num copo com água bem gelada; se endurecer, está no ponto.

2. Retire a panela do fogo e junte o coco ralado. Volte ao fogo baixo e deixe cozinhar por 15 minutos, mexendo de vez em quando.

3. Enquanto a cocada cozinha, forre uma assadeira com papel-manteiga e polvilhe com açúcar, cerca de ¼ de xícara (chá).

4. Desligue o fogo e misture bem a cocada, até esfriar. Com duas colheres, transfira montinhos de cocada para a assadeira.

5. Cubra a assadeira com filme e leve à geladeira por 2 horas ou até que endureça.

Guma apertou sua mão, o velho Francisco pedia novidade. Chico Tristeza ria, tinha trazido um xale de seda para sua velha mãe que vendia cocada.

MAR MORTO

*Ofereceu um pedaço de caixão a Pedro Bala,
Boa-vida se acocorou na sua frente. Num canto,
uma negra velha vendia laranjas e cocadas, vestida
com uma saia de chitão e uma anágua que deixava
ver os seios duros apesar da sua idade.*

Capitães da Areia

*Ainda bem que a santa senhora assim pensava,
pois com a religião e as pitanças – os santos,
os espíritos, as chocolatadas, as gemadas, a
ambrosia, a cocada-puxa – dona Ernestina virara
um sapo-boi enquanto o coronel, devido à idade,
tornava-se exigente.*

Tocaia Grande

COCADA-PUXA

Serve 12 pessoas

---

    1 kg de rapadura
    2 cocos ralados
    1 colher (chá) de gengibre ralado
    caldo de 1 limão
    ½ xícara de água

1. Coloque a rapadura numa panela com ½ xícara de água e leve ao fogo para dissolver.
2. Rale o coco e não retire o leite.
3. Junte o coco e o gengibre ralados à rapadura dissolvida, ainda no fogo.
4. Mexa sem parar até que apareça o fundo da panela.
5. Junte o caldo de limão, misture e tire do fogo.
6. Passe para uma compoteira.

Contam, amor, que, certa feita, estando uma iabá de passagem na Bahia, arreliou-se e ofendeu-se com a incontinência, o colossal deboche, a presepada imensa de mestre Pedro Archanjo, arrendatário de mulheres, macho de tantas fêmeas, pastor de dócil e fiel rebanho, mais parecendo um soba cercado de comborças, pois as puxavantes se conheciam e visitavam, e juntas eram vistas cuidando dos meninos paridos de umas e de outras, todos dele, e davam-se o trato de comadre e mana, tudo em meio a gaitadas, a la vontê, em cavaqueira e patuscada, quando não reunidas no fogão a preparar quindins para o tirano.

Tenda dos Milagres

QUINDIM
SERVE 20 UNIDADES PEQUENAS
TEMPO DE PREPARO: 15 MINUTOS + 12 MINUTOS PARA A CALDA + 45 MINUTOS PARA ASSAR

8 gemas
¾ de xícara (chá) de açúcar
½ xícara (chá) de água
1 colher (sopa) de manteiga em temperatura ambiente
¼ de xícara (chá) de coco ralado fresco
¼ de colher (chá) de caldo de limão
manteiga para untar

1. Preaqueça o forno a 180 °C (temperatura média). Unte com manteiga 20 forminhas individuais de 4,5 cm de diâmetro.
2. Coloque o açúcar, a água e o caldo de limão numa panela grande e, com o dedo indicador, mexa até dissolver (o açúcar), sem agitar muito a água. Leve ao fogo médio e deixe cozinhar, sem mexer, por 12 minutos.
3. Enquanto a calda cozinha, quebre os ovos e separe as gemas das claras. Apoie uma peneira grande numa tigela média e passe as gemas, espalhando com as costas de uma colher.
4. Junte às gemas o coco ralado e a manteiga, misturando bem.
5. Quando a calda amornar, regue um pouco dela nas gemas e misture bem. Junte o restante da calda, misturando sempre.
6. Numa assadeira que comporte todas as forminhas, cubra o fundo com água — no máximo um dedo de altura. Com uma colher, preencha uma fôrma individual com o creme de ovos e transfira para a assadeira com água. Repita o procedimento com todo o creme.
7. Com cuidado para não molhar o creme, leve a assadeira ao forno e deixe assar por 45 minutos nesse banho-maria.
8. Com bastante cuidado para não derramar a água, retire a assadeira do forno. Retire cada uma das fôrmas do banho-maria e deixe esfriar um pouco, antes de desenformar. Atenção: se ainda estiver quente, pode quebrar; se esfriar demais, pode não soltar da fôrma. Espere esfriar completamente antes de servir.

COME-SE QUINDIM EM: Dona Flor e seus dois maridos, Tenda dos Milagres e Farda, fardão, camisola de dormir.
COME-SE DOCE DE ARAÇÁ EM: Tereza Batista cansada de guerra e Tieta do Agreste.

Fica para depois, com tempo, agora precisamos ir. Não antes de comer uma fruta, um doce, tomar um cálice de licor senão me ofendo. Doce de araçá, raramente se faz, delicioso! Licor de jenipapo. O que eu vou engordar, meu Deus! Gulosa, de volta aos sabores da infância, Tieta repete a dose.

[...]

Na feira, montes de frutas se sucedem, muitas delas Leonora não conhece; bate palmas, encantada. Que goiabinhas pequenas! Não são goiabas, são araçás, araçá-mirim, araçá-cagão. Com elas se faz o doce que comemos em casa de Elisa. As goiabas estão aqui: vermelhas e brancas.

Tieta do Agreste

DOCE de ARAÇÁ

Serve 8 pessoas

½ kg de araçá
1 kg de açúcar
caldo de 1 limão

1. Lave bem os araçás, corte-os ao meio e retire as sementes.
2. Passe os araçás por uma peneira de palha.
3. Coloque a massa obtida numa panela com o açúcar e o caldo de limão e leve ao fogo.
4. Cozinhe bastante, mexendo sempre, até ver o fundo da panela.
5. Polvilhe açúcar numa assadeira e despeje aí o doce de araçá, alisando a superfície.
6. Quando o doce esfriar e ficar firme, corte em quadradinhos.

Não vai sobrar *nada*

Essa sobremesa de coco era uma marca registrada dos almoços e jantares da rua Alagoinhas. Quem ensinou a receita com nome e tudo foi Norma Sampaio. A graça do nome é só um elemento a mais de charme nesse doce, que atende aos paladares mais exigentes: ele é fino, derrete na boca, não é doce demais, é friozinho e dá vontade de repetir. Por menor que seja o jantar e por maior que seja a variedade de sobremesas, o creme do homem nunca volta para a geladeira: ele vai embora até a última colherada. Raspam mesmo até o restinho da calda de chocolate.

COME-SE CREME DO HOMEM EM: Dona Flor e seus dois maridos e O sumiço da santa.

Adalgisa dissera-se esfomeada, todavia serviu-se com cautela: fazia regime para não engordar e tinha medo de abusar de comida de azeite, sobretudo à noite. Danilo, que relutara em vir à mesa, não resistiu, atirou-se às moquecas com disposição voraz e abundância de pimenta, comeu de se fartar, enxugou a garrafa — Adalgisa apenas provou o verde — e quando, risonha, Marialva exibiu o prato de porcelana com o "creme do homem", musse de coco com calda de chocolate, não se conteve, bateu palmas saudando sua sobremesa predileta, afrouxou o cinto. Cada coisa!

O SUMIÇO DA SANTA

CREME DO HOMEM
SEGUNDO RECEITA DE NORMA SAMPAIO
SERVE 8 PESSOAS
TEMPO DE PREPARO: 20 MINUTOS + 10 MINUTOS PARA A CALDA + 3 HORAS NA GELADEIRA

PARA O CREME
6 claras
6 colheres (chá) de gelatina em pó incolor (1 pacote)
1 xícara (chá) de água
1 xícara (chá) de leite de coco
¾ de xícara (chá) de açúcar
1 pitada de sal

1. Molhe com água uma fôrma redonda com furo no meio. Leve ao congelador e retire somente quando o creme estiver pronto.
2. Leve uma panela com 1 xícara (chá) de água ao fogo baixo, apenas para amornar. Numa tigela grande, dissolva a gelatina na água morna e misture bem, por cerca de 3 minutos. Junte o leite de coco e misture novamente por mais 2 minutos.
3. Separe as claras e reserve as gemas para outra preparação, como a baba de moça. Na batedeira, bata as claras em neve e acrescente o açúcar às colheradas. Tempere com uma pitada de sal e desligue a batedeira.
4. Misture ⅓ das claras à gelatina com leite de coco. O restante, incorpore delicadamente com uma espátula, fazendo movimentos circulares, de baixo para cima.
5. Transfira o creme para a fôrma preparada e, com uma espátula pequena ou com as costas de uma colher, nivele a superfície. Cubra com filme e leve à geladeira por, no mínimo, 3 horas antes de desenformar.

PARA A CALDA
400 g de chocolate meio amargo picado
½ xícara (chá) de leite
1 xícara (chá) de açúcar
1 colher (sopa) de manteiga

1. Leve uma panela ao fogo com 1 dedo de água para ferver.
2. Numa tigela de vidro ou inox, junte o chocolate picado, a manteiga, o açúcar e o leite. Coloque para cozinhar sobre a panela com água fervente e, com uma espátula, mexa até virar uma calda lisa. Retire a tigela do banho-maria.
3. Deixe que a calda esfrie completamente antes de cobrir o pudim.

DOCE DE BANANA DE RODINHA

SERVE 8 PORÇÕES
TEMPO DE PREPARO: 15 MINUTOS + 20 MINUTOS NA PANELA

10 bananas-prata
2 ½ xícaras (chá) de açúcar
1 xícara (chá) de água
1 canela em rama
3 cravos-da-índia
1 colher (chá) de caldo de limão

1. Leve ao fogo médio uma panela com a água. Quando ferver, desligue o fogo e reserve.
2. Descasque as bananas e corte em rodelas de 1 cm de espessura.
3. Leve uma panela ao fogo baixo e coloque metade do açúcar. Com uma espátula de silicone, misture até derreter. Junte a outra metade e mexa até atingir um tom dourado claro.
4. Tire a panela do fogo e junte a água fervida e o caldo de limão, com cuidado para não se queimar. Volte ao fogo e deixe cozinhar até formar uma calda lisa, mexendo de vez em quando.
5. Junte à panela as rodelas de banana, os cravos e a canela em rama. Misture bem, até envolver toda a banana no caramelo. Deixe cozinhar por 20 minutos, mexendo sempre para o açúcar não queimar.
6. Desligue o fogo e, quando esfriar, transfira para uma compoteira ou pote esterilizado com fecho hermético. Reserve em temperatura ambiente e consuma em até 1 semana.

COME-SE DOCE DE BANANA DE RODINHA EM: Gabriela, cravo e canela, Tereza Batista cansada de guerra, Tieta do Agreste, Tocaia Grande e O sumiço da santa.

Dona Milu chega da cozinha, onde comanda:

— A carne de sol está quase pronta, o pirão de leite também. A frigideira de maturi já está dourando no forno.

Leonora recorda-se de outra conversa e cobra:

— Por falar em comida, mãezinha, como se chama aquele doce de banana da casa de dona Aída, você ficou de me dizer...

[...]

— Doce de puta, minha filha. Dizem que tem desse doce em tudo que é casa de rapariga. Não é, Osnar?

— A senhora pergunta logo a mim, marechala? Eu que não sou chegado a doces e não frequento essas casas... pergunte ao tenente Seixas que é freguês... — Além de debochado, cínico.

Tieta do Agreste

Virou-se para o comendador:

— Deus lhe paga, seu comendador, essa caridade que o senhor está fazendo com o menino... Deus lhe paga dando saúde a todos desta casa...

— Obrigado, sinhá Augusta. Agora leve o menino lá pra dentro e diga a Amélia para dar comida a ele.

E o comendador atacou o prato de doces de caju. Dona Maria acrescentou:

— E você, Augusta, coma alguma coisa...

Jubiabá

Doces de sabores raros: de jaca, carambola, groselha, araçá-mirim. Passas de caju e jenipapo.

Tieta do Agreste

DOCE DE CARAMBOLA
Serve 8 pessoas
Tempo de preparo: 15 minutos + 35 minutos

500 g de carambolas
3 xícaras (chá) de açúcar
1 xícara (chá) de água para a calda
4 cravos
2 colheres (sopa) de vinagre

1. Numa tigela grande, coloque as carambolas, cubra com água e junte o vinagre. Deixe de molho por 10 minutos e escorra a água.
2. Leve uma panela com água ao fogo alto. Quando ferver, cozinhe as carambolas por 1 minuto, apenas para amolecer a casca. Com uma escumadeira, retire e transfira para uma tigela com água e gelo.
3. Com um descascador ou faca de legumes, descasque a fruta. Corte as carambolas em fatias de 0,5 cm.
4. Coloque o açúcar e a água numa panela grande e, com o dedo indicador, misture até dissolver o açúcar, sem agitar muito a água. Leve ao fogo médio e, quando começar a ferver, deixe cozinhar por 10 minutos. Baixe o fogo e junte as carambolas e os cravos.
5. Deixe cozinhar por 35 minutos ou até que a calda fique grossa e as carambolas, macias. Desligue o fogo e espere esfriar antes de transferir para uma compoteira.

DOCE DE CAJU
Serve 6 pessoas
Tempo de preparo: 20 minutos + 1h30 no fogo

12 cajus
2 colheres (sopa) de vinagre
2 ½ xícaras (chá) de açúcar refinado
1 xícara (chá) de água
2 limões

1. Numa tigela grande, coloque os cajus e cubra com o dobro de água. Regue com 2 colheres (sopa) de vinagre e deixe de molho por 10 minutos.
2. Escorra a água e, com as mãos, retire as castanhas dos cajus.
3. Com uma faca de legumes, descasque e transfira os cajus para uma tigela grande. Cubra com água, regue com o caldo de 1 limão e deixe de molho por mais 5 minutos.
4. Escorra os cajus e fure cada um com um garfo ou palito. Na mesma tigela, esprema a fruta com as mãos delicadamente para extrair o caldo (se quiser, use o caldo para fazer um suco).
5. Descasque o outro limão, retirando toda a parte branca.
6. Numa panela grande, coloque o açúcar e a água e, com o dedo indicador, mexa para dissolver o açúcar, sem agitar muito a água. Leve ao fogo médio e não mexa mais, até formar uma calda rala, cerca de 15 minutos.
7. Junte os cajus espremidos e o limão descascado. Misture bem e baixe o fogo.
8. Deixe cozinhar por cerca de 1 hora, até a calda engrossar e os cajus ficarem avermelhados. Durante o cozimento, com uma escumadeira, vá retirando a espuma que se forma (lave a escumadeira antes de repetir o processo).
9. Deixe o doce esfriar antes de transferi-lo para uma compoteira.

Come-se doce de carambola em: Tereza Batista cansada de guerra e Tieta do Agreste.
Come-se doce de caju em: Jubiabá, Tereza Batista cansada de guerra e Tocaia Grande.

Uma *outra* faculdade

Cotinha, de *Tocaia Grande*, é uma prostituta no Baixa dos Sapos, vive sem ter sentido na vida, de déu em déu, sem saber aonde vai parar. Mas Cotinha foi criada num convento — na Bahia, os conventos eram tradicionalmente os locais onde se fazia o bom doce e o bom licor de fruta —, e teve tempo de aprender as receitas antes de ser expulsa e entrar na vida mais miserável. Quando se resolve salgar a carne e fazer o almoço dominical, congregando os habitantes do lugar, uma sobremesa aparece: é o doce de jaca de Cotinha. E todos ficam admirados.

De todos os textos que pesquisei neste trabalho, esse foi o que mais me tocou — não é exagero dizer que me emociono quando o leio. Porque quem sabe cozinhar bem causa admiração.

COME-SE DOCE DE JACA EM: TEREZA BATISTA CANSADA DE GUERRA, TIETA DO AGRESTE E TOCAIA GRANDE.

Quando Dalila, do alto de seus tamancos e de sua competência, anunciou que a carne de sol estava no ponto de ir para o fogo e ser comida, improvisaram um verdadeiro festim. Numa panela de barro Bernarda e Coroca cozinharam parte da carne no feijão, Zuleica torrou farinha na graxa da fritura, Cotinha fez doce de jaca — e ninguém dava nada por Cotinha!

TOCAIA GRANDE

DOCE de JACA

SERVE 8 PESSOAS

---

1 kg de jaca dura (pesada sem o caroço)
½ kg de açúcar
1 xícara (chá) de água
caldo de 1 limão

1. Limpe os bagos de jaca, tirando os fiapos e caroços.
2. Coloque o açúcar numa panela, junte 1 xícara de água e faça uma calda rala com umas gotas de limão.
3. Junte os bagos de jaca.
4. Cozinhe em fogo brando até a calda engrossar e os bagos de jaca ficarem macios e brilhantes.
5. Passe para uma compoteira.

Planejavam plantar um pomar para cultivar laranjas — a de umbigo, nem o mel se lhe compara no sabor, a d'água e a seca, a da terra, amarga como fel mas com a casca faz-se o doce mais gostoso [...].

TOCAIA GRANDE

Em casa de dona Carmosina, enquanto dona Milu serve doce de casca de laranja-da-terra, Aminthas assume pose de orador.

TIETA DO AGRESTE

Doce amargo

Outro doce que tinha a preferência do escritor, o doce de laranja-da-terra, é também o preferido da cantora Maria Bethânia. Era para ela que dona Canô fazia a receita a seguir, que mantém aquele amarguinho, dando a esse doce um sabor todo especial.

COME-SE DOCE DE LARANJA-DA-TERRA EM: Tereza Batista cansada de guerra, Tieta do Agreste e Tocaia Grande.

DOCE de LARANJA-DA-TERRA

Segundo receita de dona Canô Veloso
Serve 10 pessoas

-------------------------=====================---------------------

12 laranjas-da-terra
800 g de açúcar
cravo a gosto

1. Rale a casca das laranjas, com elas ainda fechadas, num ralador fino de aço, só para tirar a camada brilhante.
2. Corte a laranja em quatro, na vertical (passando pelo ponto onde estava o cabo).
3. Retire os gomos e, se a laranja tiver uma casca muito grossa, raspe um pouco do branco por dentro. Quanto mais fina a casca, mais saborosa.
4. Coloque as cascas de molho em água — suficiente para cobrir todas — pela manhã, trocando-a com frequência. Segundo dona Canô, não comece à tarde ou à noite, porque não haverá tempo para completar a operação; se a água não for trocada, fica com gosto de massa puba.
5. À tarde, afervente várias vezes, trocando as águas, até que diminua o amargo.
6. Numa panela com água, coloque o açúcar e os cravos até ferver. Acrescente as laranjas e cozinhe até formar uma calda.
7. Sirva em compoteira.

Mas diga o contrário

Além de saboroso, o doce de mamão verde é lindo. É lindo e não dá um trabalho enorme para fazer, como aparenta. Experimente prepará-lo — mas aí, só por graça, faça parecer que, sim, deu o maior trabalho.

COME-SE DOCE DE MAMÃO VERDE EM: Seara vermelha.

DOCE DE MAMÃO VERDE
Segundo receita de Zélia Gattai
Serve 10 pessoas
Tempo de preparo: 25 minutos + 1 hora na panela

1 mamão verde médio
2 xícaras (chá) de açúcar
1 xícara (chá) de água para a calda
4 cravos-da-índia
1 canela em rama

1. Numa tábua, retire a casca do mamão com uma faquinha ou um descascador de legumes. Corte o mamão ao meio, retire os caroços e corte as metades em três gomos, no sentido do comprimento.
2. Leve um panela grande com água ao fogo alto. Quando ferver, coloque os gomos de mamão para cozinhar por 10 minutos ou até que fiquem macios.
3. Com uma faca afiada, corte os gomos de mamão em lâminas finas, também no sentido do comprimento.
4. Enrole as lâminas, formando rolinhos, e vá passando por uma agulha com linha de costura, como se estivesse fazendo um colar. Arremate com um nó para que fique firme.
5. Coloque o açúcar e a água numa panela grande. Com o dedo indicador, misture até dissolver o açúcar, sem agitar muito a água. Leve ao fogo médio e deixe cozinhar por cerca de 10 minutos, até virar uma calda ralinha. Acrescente os cravos-da-índia e a canela em rama.
6. Junte à panela o colar de mamão e deixe cozinhar até que os rolinhos fiquem transparentes. Desligue o fogo e deixe esfriar antes de cortar a linha para soltar os rolinhos e transferir para uma compoteira.

*Pela cozinha as mulheres trabalham. Joana,
a própria Teresa que tirou os sapatos, despiu
o vestido novo com que foi ao arraial se casar,
e veio ajudar no preparo do porco, das galinhas,
do doce de mamão verde.*

SEARA VERMELHA

*Você precisa comer jenipapada para ficar
forte. E o gosto? Para mim, não há nada mais
gostoso. Vamos comprar agora mesmo; o
jenipapo quanto mais encarquilhado melhor.
Tieta escolhe, conhecedora.*

TIETA DO AGRESTE

O especialista

Ler a citação de Tieta falando a Leonora sobre jenipapada é como ouvir o próprio Jorge Amado falando do assunto. Ele adorava o doce, sabia escolher o jenipapo que estava no ponto para fazer essa delícia. Era um prazer ir com ele ao mercado, pois conhecia frutas como ninguém, sabia escolhê-las — e também barganhar preço numa conversa agradável e divertida.

COME-SE JENIPAPADA EM: Tieta do Agreste.

JENIPAPADA

Segundo receita de Eunice
Serve 4 pessoas

---

2 jenipapos
3 colheres (sopa) de açúcar

1. Lave os jenipapos e enxugue-os bem.
2. Descasque os jenipapos, corte-os ao meio, tirando os caroços e a película crespa que fica entre os caroços e a polpa.
3. Corte os jenipapos em tirinhas e misture com o açúcar.
4. Coloque numa tigela, cubra e deixe na geladeira por dois dias para macerar.
5. Sirva bem fresco.

Para comer escondido

A passa de caju — ou caju-ameixa, como também é conhecido —, um doce sergipano, era o preferido de Jorge Amado. Quando digo preferido, estou falando em preferência real, aquela que faz o indivíduo esconder o doce em lugares tão difíceis que ele mesmo esquece ou que transforma riso em cara feia, porque o doce veio para a mesa em dia de muitos convidados: "Assim com certeza vai acabar rápido...".

Na mesma categoria está sua irmã, a passa de jenipapo, cuja receita vem logo em seguida. Ambos são doces difíceis de fazer, pois cheios de truques e manhas, mas mesmo assim dou as receitas. Caso não acerte, o melhor é comprar no mercado ou nas lojas de artesanato de Aracaju ou na cidade de São Cristóvão, em Sergipe. Na Bahia também podem ser encontrados, e de boa qualidade.

COME-SE PASSA DE CAJU EM: Tieta do Agreste e Tocaia Grande.
COME-SE PASSA DE JENIPAPO EM: Tieta do Agreste.

Zilda servia às visitas licor de jenipapo, de pitanga, de maracujá, todos de fabricação caseira: como conseguia tempo para tanta coisa? Para os afazeres domésticos, a cozinha, os licores, o doce de banana, a passa de caju, para a costura e o ponto de cruz?
Tocaia Grande

Doces de sabores raros: de jaca, carambola, groselha, araçá-mirim. Passas de caju e jenipapo. Refrescos de mangaba e de cajá. O sorumbático engenheiro-chefe comeu tanto, com tal disposição, a ponto de aflorar-lhe às faces desbotadas um ar de viço.
Tieta do Agreste

PASSA de CAJU

SERVE 12 PESSOAS

---

    50 cajus
    800 g de açúcar

1. Lave os cajus e os esprema um pouco.
2. Numa panela, misture o caldo do caju com o açúcar, depois acrescente os cajus.
3. Leve ao fogo brando com a panela tampada. Ele deve cozinhar até ficar preto e com a calda grossa.
4. Retire do fogo e escorra numa peneira.
5. Sirva numa compoteira.

PASSA de JENIPAPO

SERVE 6 PESSOAS

---

    3 jenipapos
    500 g de açúcar cristalizado

1. Lave os jenipapos e enxugue-os bem.
2. Tire a pele e corte-os ao meio, tirando os caroços e a película crespa que fica entre os caroços e a polpa.
3. Corte as metades do jenipapo em forma de palma.
4. Passe em açúcar cristalizado e deixe macerar até o dia seguinte.
5. No outro dia, passe novamente no açúcar cristalizado e coloque em peneiras. Leve ao sol.
6. Nos dois dias seguintes, repita essa operação açúcar/sol, para que fiquem bem sequinhos.

As merendas *de* dona Flor

Estou chamando de "merenda" aquele grupo de pratos que é comido não somente entre o almoço e o jantar, mas que compõe o café da manhã e o jantar baianos. Essa merenda é composta por uma grande quantidade de bolos, mingaus, cuscuz, beijus, frutas, legumes cozidos, biscoitos e doces variados, que juntos — e acompanhados por café com leite, sucos de frutas ou chocolate quente — fazem uma refeição copiosa.

O jantar pode ser uma refeição mais frugal: inhame e aipim cozidos, servidos com manteiga, um café com leite, um cuscuz de milho com leite de coco, uma banana-da-terra frita, coberta por canela e açúcar, uns ovos fritos e a pessoa já pode ir dormir contente. Pode ser também uma grande merenda, com muitos pratos: um bolo de puba, um cuscuz de tapioca, uma fruta-pão cozida, um prato de batata-doce, um xerém, bolo branco, mingau de pelo menos duas qualidades, requeijão frito, banana-da-terra cozida, beiju de tapioca, pão com manteiga, queijo de coalho, uns sequilhos e bolachinhas de goma. Tudo isso acrescido de uma sopa, que pode ser uma canja de galinha, por exemplo — como é servido na casa de Adalgisa e Danilo, em *O sumiço da santa*.

Difícil, hoje em dia, é ter todo esse repertório de comidas numa mesma refeição. Talvez ainda se possa encontrar num café da manhã de fazenda, na região grapiúna, onde se acorda cedo e os muitos afazeres do dia exigem uma comida de sustância.

Merendar não significa necessariamente comer muito. Um bolinho de estudante pode ser comprado numa baiana de acarajé e comido ali mesmo, bolos de todas as qualidades também são vendidos nas ruas. Bem cedinho, um mingau ajuda a começar o dia.

Na mesa do café matinal — haviam partido de Itabuna na fímbria da manhã com a intenção de chegar à Atalaia ao pôr do sol — o coronel serviu os manjares da região: os cuscuzes, os mingaus, o requeijão, a coalhada, a banana frita, a fruta-pão, o inhame, o aipim, batatas-doces e o espesso chocolate. Ludmila apreciava a boa mesa, de tudo comia um pouco e a tudo elogiava com a voz escura, pejada de mistério.

Tocaia Grande

Ao levantar-se às oito da manhã — em geral às sete já estava de pé mas naquela noite demorara-se acordado até o raiar da aurora no ledo ofício, na deleitosa brincadeira — já não enxergou Tereza sob os lençóis. Foi encontrá-la de vassoura em punho, enquanto a criada na sala só se moveu para sorrir e lhe desejar bom dia. Emiliano não fez nenhum comentário, apenas convidou Tereza para o café:

— Já tomei, faz tempo. A moça vai servir o senhor. Desculpe, estou atrasada... — e prosseguiu na faina da limpeza.

Pensativo, o doutor tomou o café com leite, cuscuz de milho, banana frita, beijus, a acompanhar com a vista o movimento de Tereza pela casa.

Tereza Batista cansada de guerra

De beiju e cuscuz

Os nossos cuscuzes não são como o árabe, de sêmola, regado com caldo gordo de verduras e carneiro; nem como o paulista, de farinha de milho, salgado e com ovos cozidos, sardinha e palmito. Os nossos ingredientes variam: milho, puba, carimã, farinha de arroz ou tapioca, todos molhados com leite de coco. O que o cuscuz árabe e o paulista têm em comum com os feitos na Bahia? A resposta é que o princípio básico de todos eles é o mesmo, isto é, são massas de farinhas cozidas no vapor. Na Bahia há uma exceção para o cuscuz de tapioca, que pode ser cru.

Para fazer o cuscuz usa-se, geralmente, um cuscuzeiro, espécie de pancla alta com o fundo mais estreito em que se coloca a água — com umas gotinhas de limão para a panela não escurecer — e a parte de cima mais larga, onde se encaixa um fundo removível, sobre o qual se coloca a massa a ser cozida no vapor — ela nunca deve tocar a água.

Se você não tem um cuscuzeiro, coloque a massa num prato um pouco maior que a boca da panela, cubra com um pano limpo, e amarre suas pontas embaixo do prato. Coloque esse prato virado — a parte da massa para baixo — sobre a borda de uma panela funda, contendo água fervente, e cozinhe o cuscuz.

O beiju, feito com a tapioca mais fina, em vez de cozido no vapor como o cuscuz, é assado sobre chapa quente. A um e outro juntam-se com prazer o leite de coco, a manteiga e os ovos fritos.

— Deus lhe dê boa tarde, seu Tição. Ressu trouxe pra gente um quarto de paca, diz-que ocê caçou. Deus que lhe dê em dobro. — Apontou a construção: — Tá vendo? Não vai demorar nós fazer farinha e não ter mais precisão de trazer de fora. Na primeira fornada, vou mandar uns beijus pra ocê.

TOCAIA GRANDE

Ao *gosto* do freguês

O cuscuz de milho, sempre feito na hora, servido quente, pode ser comido de várias maneiras, a depender do gosto do freguês. As mais correntes são: apenas com manteiga, que é passada por cima da fatia e derrete com o calorzinho do cuscuz — ótimo para acompanhar o café com leite; colocado num prato de sopa, amassado com um garfo e regado com leite (ou com café com leite), para comer com colher como se fosse um mingau; regado com leite de coco grosso, açucarado — como na primeira refeição feita por Gabriela para Nacib; e com ovos fritos na manteiga, colocados sobre a talhada de cuscuz — a maneira preferida do pai do escritor, o coronel João Amado de Faria, que não dispensava um cuscuz de milho no seu café da manhã, fosse na Fazenda Auricídia, fosse no Rio de Janeiro.

COME-SE CUSCUZ DE MILHO EM: Suor, Jubiabá, Mar morto, Gabriela, cravo e canela, Dona Flor e seus dois maridos, Tereza Batista cansada de guerra, Tieta do Agreste, Tocaia Grande e O sumiço da santa.

Lívia entrava com o café e uma talhada de cuscuz.
Desconfiou daquela conversa em voz baixa:
— Que segredo é esse?
— Não tem segredo. A gente tava falando do garoto.
Mar morto

CUSCUZ DE MILHO
SEGUNDO RECEITA DE DETINHA
RENDE 2 CUSCUZ MÉDIOS
TEMPO DE PREPARO: 10 MINUTOS + 15 MINUTOS PARA COZINHAR

500 g de farinha de milho amarela
2 ¼ xícaras (chá) de água
1 colher (sopa) de farinha de mandioca
1 colher (chá) de sal

1. Numa tigela, misture a farinha de milho, a farinha de mandioca e o sal. Regue aos poucos com a água e misture com a ponta dos dedos, até hidratar por igual.
2. Transfira a massa para uma cuscuzeira (panela específica para esse preparo) e leve ao fogo médio por 15 minutos, até que o cuscuz esteja firme.
3. Retire do fogo e, ainda morno, desenforme. Sirva a seguir com manteiga, com leite ou leite de coco adoçado, com ovos estrelados, com queijo ou da maneira que você imaginar.

Obs.: Quando a farinha de milho não é muito fina, a massa pode descansar por cerca de 2 horas antes de ir ao fogo.

Não na cama, mas na mesa, nas primeiras sombras da noite, ante o alvo beiju de tapioca molhado em leite de coco, dr. Teodoro relata a conversa do banqueiro a dona Flor, omitindo os palavrões e a cavalgadura:

[...]

— E por que eu não tenho o direito de concorrer para a compra de nossa casa? Ou bem você não me considera sua companheira para um tudo? Será que só sirvo para arrumar, cuidar de suas roupas, fazer a comida, ir com você para a cama? — dona Flor se exaltava. — Uma criada e uma rapariga?

Ante a inesperada explosão, dr. Teodoro ficou sem palavras, um baque no peito, a mão segurando o garfo com o pedaço de beiju.

DONA FLOR E SEUS DOIS MARIDOS

Manteiga na canoa

O beiju de tapioca pode ser comprado já pronto, sequinho, parecendo umas canoinhas. Com ele se faz o *beijuzinho com queijo ralado* para servir de tira-gosto, cuja receita encontra-se na p. 46. Para a merenda, no entanto, o melhor é fazê-lo na hora, para ser comido quentinho, com a manteiga recém-passada, derretendo. É feito em frigideira seca — de preferência de fundo antiaderente —, tomando a forma de um disco branco, com o diâmetro variando conforme o tamanho da frigideira. Depois de passar a manteiga na superfície, basta enrolá-lo: fica com a forma de uma panqueca, branca e consistente, apesar de fininha. O beiju quentinho com manteiga substitui o pão e é delicioso — e, nesses tempos em que o corpo esculpido ganhou a maior importância, tem outra vantagem: não contém glúten, o atual inimigo do pessoal da academia.

COME-SE BEIJU DE TAPIOCA EM: Jubiabá, Gabriela, cravo e canela, Dona Flor e seus dois maridos, Tenda dos Milagres, Tereza Batista cansada de guerra, Tieta do Agreste e Tocaia Grande.

BEIJU DE TAPIOCA
SEGUNDO RECEITA DE TIA RESSU
SERVE 6 PESSOAS
TEMPO DE PREPARO: 10 MINUTOS + 20 MINUTOS NA FRIGIDEIRA

2 ½ xícara (chá) de polvilho azedo
¾ de xícara (chá) de água
1 colher (chá) de sal

1. Numa tigelinha, coloque a água e o sal e misture até dissolver.
2. Em outra tigela, coloque o polvilho e, aos poucos, regue com a água salgada, misturando com a ponta dos dedos, até formar um farinha úmida e solta. Se ainda assim ficarem pedrinhas, passe a tapioca por uma peneira.
3. Leve ao fogo alto uma frigideira média antiaderente. Para saber se ela está quente o suficiente, salpique um pouco da tapioca: se pular depois de alguns segundos, está no ponto. Meça cerca de ½ xícara (chá) da tapioca hidratada, coloque no centro da frigideira e espalhe com uma espátula até cobrir o fundo. Depois de 2 minutos, vire a tapioca e aqueça por mais 1 minuto.
4. Transfira da frigideira para um prato. Espalhe um pouco de manteiga, enrole para formar um charutinho e sirva a seguir.

BEIJU MOLHADO

Segundo receita de Dadá
Serve 4 pessoas

---

    150 g de goma (farinha de tapioca fina)
    água (o quanto baste para molhar a goma)
    sal a gosto
    1 coco grande
    1 copo de água morna
    açúcar a gosto
    folhas de bananeira

1. Coloque a goma (farinha de tapioca fina, conhecida no sul do país por polvilho azedo) numa tigela e molhe com a água já misturada com o sal.
2. Com as mãos, misture bem a goma com a água de forma que ela fique molhada por igual, úmida e não encharcada.
3. Leve ao fogo uma frigideira de fundo plano, de preferência antiaderente (tefal ou teflon).
4. Passe um pouco da tapioca úmida por uma peneira bem fina, sobre a frigideira, de forma que a nuvem de tapioca que caia dela cubra uniformemente o fundo da frigideira.
5. Quando o fundo da massa começar a tostar (mais ou menos 2 minutos depois), vire-a com o auxílio de um garfo ou de uma espátula.
6. Deixe assar o outro lado por mais alguns instantes.
7. Rale o coco, reserve uma parte.
8. Na outra parte, acrescente 1 copo de água morna e esprema para extrair o leite.
9. Adoce o leite de coco com açúcar a gosto.
10. Ao retirar o beiju da frigideira, coloque sobre ele o coco ralado. Enrole e regue com o leite de coco.
11. Sirva sobre quadrados de folha de bananeira.

COME-SE BEIJU MOLHADO EM: Dona Flor e seus dois maridos, Tereza Batista cansada de guerra, Tieta do Agreste e O sumiço da santa.

Para arrematar

O cuscuz de tapioca tem variações: ele pode ser cru ou cozido, levando apenas leite de coco ou feito com coco ralado. De qualquer maneira é um prato de sabor agradável, fresco e acompanha com perfeição o café.

A receita a seguir é a do cuscuz cru, com coco, fornecida pela famosa Dadá. Em seus restaurantes, ela sempre serviu uns cuscuzinhos feitos na hora para acompanhar o cafezinho, que são o fecho de ouro para uma refeição que foi, certamente, sublime.

COME-SE CUSCUZ DE TAPIOCA EM: Os velhos marinheiros ou o capitão-de-longo-curso, Tenda dos Milagres e O sumiço da santa.

Festa de São João, em verdade, havia em cada casa, pois mesmo nas mais pobres abria-se uma garrafa de licor de jenipapo e oferecia-se um pedaço de canjica, de bolo de milho ou de puba, de cuscuz de tapioca, delicada pamonha envolta em palha.
OS VELHOS MARINHEIROS OU O CAPITÃO-DE-LONGO-CURSO

CUSCUZ *de* TAPIOCA

S<small>EGUNDO RECEITA DE</small> D<small>ADÁ</small>
S<small>ERVE 10 PESSOAS</small>

½ kg de tapioca de caroço
2 cocos grandes
1 colher (chá) de sal
1 xícara (chá) de açúcar
4 copos de água morna
1 xícara (chá) de leite de coco grosso
folhas de bananeira

1. Descasque os cocos e bata 1 e ½ no liquidificador com os 4 copos de água morna, até que fiquem bem moidinhos.
2. Coloque o coco batido numa tigela, tempere com açúcar e sal. Prove o sabor e acrescente mais sal ou açúcar, se achar necessário.
3. Acrescente a tapioca de caroço e deixe inchar, para que fique bem macia.
4. Rale grosso — em lascas — o resto do coco.
5. Com uma colher, coloque uma porção da massa num quadrado de folha de bananeira e cubra com o coco ralado.
6. Regue com leite de coco grosso.

Dos bolos

O dr. Joelson Amado era o filho do meio de dona Lalu e do coronel João Amado. Vivendo em São Paulo há muitos anos, era raro poder se sentar diante de uma mesa para merendar.

Uma vez ele veio com sua Fanny à Bahia para dez dias de férias em casa do irmão Jorge. Chegou anunciando: "Descobri um regime para emagrecer infalível: comer sem culpa!". Explicava, com cara séria, que o problema do alimento engordar era psicológico, e que se a pessoa comesse sem ter nenhum sentimento de culpa o metabolismo funcionaria bem, permitindo qualquer banquete sem que a balança, no dia seguinte, acusasse aumento de peso.

Explicou sua teoria e pediu à cunhada Zélia que não poupasse esforços na cozinha, pois pretendia matar as saudades. Jorge, que gosta de uma mesa farta e de alimentar bem os seus, reforçou as recomendações feitas por Zélia às cozinheiras Eunice e Pretinha.

Os irmãos pareciam estar na Fazenda Auricídia; o apetite da família era legitimamente herdado do coronel. Frutas de todas as qualidades, da jaca ao abacaxi, passando por mangas diversas, sucos de umbu e caju, cuscuz de milho e puba, paçoca de banana, banana cozida, aipim, fruta-pão, beiju molhado, para não falar dos bolos: pão de ló, bolo da Eunice, de puba, de milho, manuês, enfim, era longa a lista de delícias.

Joelson acordava cedinho, descia a rua Alagoinha e começava o dia com uns copos de mingau, comprados no Largo de Santana — isso o preparava para o café da manhã, que por sua vez o deixava pronto para um dia pleno de acarajés, moquecas e vatapás. Tudo comido rigorosamente sem nenhuma culpa.

Engordou oito quilos em dez dias! Oito quilos ganhos sem culpa e com grande prazer e alegria.

Dr. Joelson voltou para São Paulo. Os quilos a mais ele perdeu rápido, mas a lembrança do prazer da merenda no convívio com a família ficou com ele até o fim.

Conversavam junto à banca de peixe, construída num descampado em frente à rua do Unhão, onde os circos de passagem armavam seus pavilhões. Negras vendiam mingaus e cuscuz, milho cozido e bolos de tapioca.

Gabriela, cravo e canela

Tapioca dos anjos

Diversos bolos de tapioca são feitos pelo nordeste do Brasil. Às vezes ele é salgado, como o bolo-podre do Piauí, comido como pão, com manteiga e queijo. O bolo de tapioca adoçado, assado — não se deve confundir com o cuscuz — é aquele comido em *Gabriela, cravo e canela*, como esclareceu o autor. Ele aparece aqui na versão de dona Canô Veloso, que o chama de "bolo angélico".

COME-SE BOLO DE TAPIOCA EM: Gabriela, cravo e canela.

BOLO DE TAPIOCA
SEGUNDO RECEITA DE DONA CANÔ VELOSO
SERVE 10 PESSOAS
TEMPO DE PREPARO: 25 MINUTOS + 20 MINUTOS NO FORNO

¾ de xícara (chá) de tapioca granulada
½ xícara (chá) de açúcar
50 g de manteiga em temperatura ambiente
1 xícara (chá) de coco fresco ralado
2 gemas
2 ovos inteiros
¼ de colher (chá) de sal
farinha de trigo para polvilhar
manteiga para untar

1. Preaqueça o forno a 180 °C (temperatura média). Unte com manteiga uma fôrma pequena e polvilhe com farinha de trigo. Bata sobre a pia o excesso de farinha.
2. No liquidificador, bata a farinha de tapioca granulada para afinar um pouco a textura.
3. Numa tigela, junte os ovos inteiros e as gemas, misturando com um batedor de arame.
4. Na batedeira, bata a manteiga até ficar fofa. Junte o açúcar e o sal, aos poucos, e continue batendo até formar uma mistura bem cremosa. Adicione os ovos e bata apenas até misturar. Desligue.
5. Com uma espátula, misture o coco ralado e, em seguida, a tapioca, até formar uma massa homogênea.
6. Transfira a massa para a fôrma preparada e leve ao forno preaquecido para assar por cerca de 20 minutos. Deixe esfriar por 10 minutos antes de desenformar e servir.

O juiz se impressionou e dona Guta, empolgada, serviu à corajosa viúva bolo de aipim e licor de pitanga.
Tieta do Agreste

Completara catorze anos na estrada, não fosse Vanjé ninguém teria se lembrado. No sítio, nos bons tempos de Maroim, comemoravam os aniversários, melhoravam a boia do jantar, havia bolo de carimã ou de aipim, e se a data caía num domingo ou em dia santo, o almoço era festivo, com a presença de vizinhos e compadres.

Tocaia Grande

BOLO DE AIPIM

SERVE 10 PORÇÕES
TEMPO DE PREPARO: 30 MINUTOS + 1H30 NO FORNO

800 g de aipim descascado, cerca de 4 mandiocas grandes
3 ovos
1 ½ xícara (chá) de açúcar
50 g de manteiga amolecida
1 pitada de sal
1 pitada de cravo em pó
½ colher (chá) de canela em pó
1 xícara (chá) de leite de coco ralo ou água
1 xícara (chá) de leite de coco grosso
manteiga para untar

1. Preaqueça o forno a 180 °C (temperatura média). Unte com manteiga uma fôrma de bolo inglês de cerca de 11 cm × 30 cm × 6 cm ou uma assadeira retangular pequena.
2. Apoie um ralador de lâmina grossa sobre uma tigela grande e rale toda a mandioca. Reserve na geladeira.
3. Numa tigela média, separe as gemas e transfira as claras para a tigela da batedeira.
4. Às gemas, junte o açúcar, a manteiga, o sal, o cravo e a canela. Misture bem com uma espátula, até formar uma pasta. Aos poucos, junte o leite de coco (ralo e grosso), mexendo bem com um batedor de arame.
5. Retire a mandioca ralada da geladeira e regue com a mistura de gemas e leite de coco. Com uma espátula, mexa delicadamente.
6. Na batedeira, bata as claras até o ponto de neve. Com uma espátula, misture rápido apenas ⅓ das claras com a mandioca. Incorpore o restante delicadamente, com movimentos circulares de baixo para cima para não perder o ar das claras em neve.
7. Transfira a massa para a assadeira e leve ao forno por 1h30. Se puder, prepare de véspera: o bolo fica mais saboroso.

COME-SE BOLO DE AIPIM EM: Gabriela, cravo e canela, Dona Flor e seus dois maridos, Tieta do Agreste, Tocaia Grande e O sumiço da santa.

Pausa para o café

O bolo de milho é também chamado de bolo de fubá, pois na verdade é o fubá de milho que vai na receita. Ele pode ser feito de fubá puro ou misturado com farinha de trigo, em proporções variadas, o que resultará num bolo mais macio ou mais pesado. A receita a seguir é de um bolo rápido, que acompanha bem um cafezinho.

COME-SE BOLO DE MILHO EM: GABRIELA, CRAVO E CANELA, OS VELHOS MARINHEIROS OU O CAPITÃO-DE-LONGO-CURSO, OS PASTORES DA NOITE, TIETA DO AGRESTE, FARDA, FARDÃO, CAMISOLA DE DORMIR E O SUMIÇO DA SANTA.

Marialva tinha ficado na sala, ia servir uns pedaços de bolo de fubá, mas todos a viam ali no quarto. Ninguém disse nada após as palavras de Martim, o silêncio só foi cortado pelo riso de negro Massu.
OS PASTORES DA NOITE

— Creio que esteve uma vez, trazido pelo Rodrigo. Todo encabulado, mal provou um cafezinho. Hoje veio por conta própria, repare no apetite.
Na mesa do chá o general Waldomiro Moreira falava alto, repetia o café com leite, dava uma baixa sensível no bolo de milho.
FARDA, FARDÃO, CAMISOLA DE DORMIR

BOLO DE MILHO

SEGUNDO RECEITA DE DONA CANÔ VELOSO (COM ADAPTAÇÕES)
SERVE 8 PESSOAS
TEMPO DE PREPARO: 25 MINUTOS + 20 MINUTOS NO FORNO

¾ de xícara (chá) de farinha de trigo
¾ de xícara (chá) de fubá fino
1 ¼ de xícara (chá) de açúcar
¾ de xícara (chá) de óleo
4 ovos
1 xícara (chá) de leite de coco
1 pitada de sal
1 colher (chá) de fermento em pó
farinha de trigo para polvilhar
manteiga para untar

1. Preaqueça o forno a 180 °C (temperatura média). Unte com manteiga uma fôrma redonda com furo no meio. Polvilhe com farinha e retire o excesso, batendo sobre a pia.
2. Na batedeira, junte o fubá, o açúcar e o sal, passando pela peneira. Adicione os ovos e o óleo e bata em velocidade baixa, até misturar. Aumente a velocidade e bata por 2 minutos.
3. Baixe a velocidade novamente e junte o leite de coco.
4. Numa tigela, misture o fermento com a farinha. Junte à massa na batedeira, aos poucos, e bata apenas até misturar e formar uma massa lisa.
5. Transfira a massa para a fôrma preparada e gire sobre a bancada para nivelar. Leve ao forno por 20 minutos, ou até que, ao espetar com um palito, ele saia limpo.
6. Retire do forno e deixe esfriar por 15 minutos antes de desenformar e servir.

— Dona Júlia, eu queria saber de uma coisa. Quem fez aquele manuê de milho da noite de São João?
— Magnólia...
— Porque eu gostei muito e lá em casa a cozinheira não faz bem. Se fosse possível...
— Se vosmecê arranjar o milho, Magnólia faz, doutor Osório.

CACAU

Nessa hora já a cozinha da casa dos Castros se movimenta toda nos preparativos para a recepção, as negras curvadas sobre os grandes tachos onde o milho se transforma em canjica, munguzá e manuê.
ABC de Castro Alves

Receita de avó (*ou quase*)

A receita de manuê de milho foi, sem dúvida, a mais difícil de estabelecer para este livro. Não por ser uma comida rara, como o quitandê, mas por existirem versões bem diferentes umas das outras — o que tornou necessário experimentar muitas delas na procura do manuê que Lalu fazia para Jorge, James e Joelson, nos idos dos anos 1920 em Ilhéus.

Finalmente, a receita cujo resultado mais se aproximou daquele manjar dos deuses, que só a mãe sabe como fazer, saiu do encontro da memória de dona Maria — cujo pai era bom doceiro e fazia manuês — com a experiência de Detinha, que por muitos anos fez e vendeu merendas pelas ruas de Salvador.

COME-SE MANUÊ DE MILHO VERDE EM: Cacau, ABC de Castro Alves, Os velhos marinheiros ou o capitão-de-longo-curso, Dona Flor e seus dois maridos, Tereza Batista cansada de guerra, Tocaia Grande e O sumiço da santa.

MANUÊ DE MILHO VERDE
SERVE 6 PESSOAS
TEMPO DE PREPARO: 20 MINUTOS + 50 MINUTOS NO FORNO

6 espigas de milho verde
1 xícara (chá) de coco fresco ralado
1 xícara (chá) de leite de coco grosso
1 colher (sopa) manteiga
1 pitada de sal
1 xícara (chá) de açúcar
manteiga para untar

1. Preaqueça o forno a 180 ºC (temperatura média). Unte com manteiga uma assadeira retangular de 28 cm × 20 cm.

2. Apoie o ralador na borda de uma tigela grande e rale o milho na parte grossa.

3. Junte ao milho ralado os ingredientes na seguinte ordem, misturando bem entre cada adição: coco ralado, leite de coco grosso, manteiga. Tempere com o sal e o açúcar, misturando mais uma vez.

4. Transfira a massa para a assadeira preparada. Leve ao forno por 50 minutos ou até firmar.
5. Retire do forno e aguarde 10 minutos antes de cortar. Se quiser, sirva com um pouquinho de manteiga e coco ralado por cima.

Caro amigo Jorge Amado, o bolo de puba que eu faço não tem receita, a bem dizer. Tomei explicação com dona Alda, mulher de seu Renato do museu, e aprendi fazendo, quebrando a cabeça até encontrar o ponto. (Não foi amando que aprendi a amar, não foi vivendo que aprendi a viver?)

Vinte bolinhos de massa puba ou mais, conforme o tamanho que se quiser. Aconselho dona Zélia a fazer grande de uma vez, pois de bolo de puba todos gostam e pedem mais. Até eles dois, tão diferentes, só nisso combinando: doidos por bolo de puba ou carimã. Por outra coisa também? Me deixe em paz, seu Jorge, não me arrelie nem fale nisso. Açúcar, sal, queijo ralado, manteiga, leite de coco, o fino e o grosso, dos dois se necessita. (Me diga o senhor, que escreve nas gazetas: por que se há de precisar sempre de dois amores, por que um só não basta ao coração da gente?) As quantidades, ao gosto da pessoa, cada um tem seu paladar, prefere mais doce ou mais salgado, não é mesmo? A mistura bem ralinha. Forno quente.

Esperando ter lhe atendido, seu Jorge, aqui está a receita que nem receita é, apenas um recado. Prove o bolo que vai junto, se gostar mande dizer. Como vão todos os seus? Aqui em casa, todos bem. Compramos mais uma cota da farmácia, tomamos casa para o veraneio em Itaparica, é muito chique. O mais, que o senhor sabe, naquilo mesmo, não tem conserto quem é torto. Minhas madrugadas, nem lhe conto, seria falta de respeito. Mas de fato e lei quem acende a barra do dia por cima do mar é esta sua servidora, Florípedes Paiva Madureira ou dona Flor dos Guimarães.

(bilhete recente de dona Flor ao romancista)

Dona Flor e seus dois maridos

Levantou-se Pedro Archanjo da mesa de cuscuz e inhame, sorriu seu sorriso aberto, para ela andou direto e firme, como se o houvessem designado para recebê-la, e lhe estendeu a mão:
— *Venha tomar café.*
Se compreendeu ou não o matinal convite, jamais se soube, mas o aceitou; sentou-se à mesa na barraca de Terência e gulosa devorou aipim, inhame, bolo de puba, cuscuz de tapioca.

TENDA DOS MILAGRES

BOLO PERNAMBUCO

SEGUNDO RECEITA DE DONA CANÔ VELOSO
SERVE 10 PESSOAS

---

    4 xícaras (chá) bem cheias de massa puba
    4 xícaras (chá) de açúcar
    1 pitada de sal
    8 gemas
    250 g de manteiga
    2 copos grandes de leite de coco grosso
    manteiga para untar a assadeira
    farinha de trigo para polvilhar

1. Lave bem a massa puba e esprema num pano para tirar a água.
2. Misture a massa úmida com o açúcar e o sal. Faça isso com a mão de forma a incorporar tudo muito bem e obter um creme.
3. Junte as gemas, uma a uma, mexendo com uma colher de pau.
4. Ainda mexendo, adicione a manteiga e em seguida o leite de coco.
5. Unte uma assadeira com manteiga e polvilhe com farinha de trigo.
6. Coloque a massa na assadeira e leve ao forno quente preaquecido.
7. Durante o cozimento, de vez em quando, pincele o bolo com leite de coco grosso.
8. Asse por uns 45 minutos ou até que a superfície fique dourada.

Encomenda portuguesa

Pão de ló é bem português, mas entra no cardápio de merendas baianas com muito agrado. Na casa do Rio Vermelho o pão de ló que se comia era português mesmo, vinha de Viana do Castelo mandado por Manoel Natário, mestre pasteleiro, amigo de Jorge Amado, que volta e meia conseguia um portador de boa vontade.

Na falta do pão de ló do Natário, segue aqui uma receita portuguesa, de Alfazeirão, de um pão de ló simples de fazer e muito gostoso.

COME-SE PÃO DE LÓ EM: DONA FLOR E SEUS DOIS MARIDOS E O SUMIÇO DA SANTA.

Na escada, Marialva limpava o corrimão. Desejou-lhe bom dia e em resposta à pergunta apreensiva informou estar a noivinha a esperá-lo embaixo: a senhora, emendou sorrindo. Descera cedo, tomara café com leite, comera cuscuz de milho e pão de ló, sentara-se na varanda. Um dia bonito para o banho de mar, para estender-se ao sol e relaxar.

O SUMIÇO DA SANTA

PÃO DE LÓ

RENDE 10 FATIAS
TEMPO DE PREPARO: 20 MINUTOS + 20 MINUTOS NO FORNO

2 ovos inteiros
6 gemas
7 colheres (sopa) de açúcar
5 colheres (sopa) de farinha de trigo
manteiga e farinha para untar e polvilhar

1. Preaqueça o forno a 180 °C (temperatura média). Unte com manteiga e polvilhe com farinha de trigo uma fôrma redonda de furo no meio.
2. Peneire, separadamente, o açúcar, a farinha de trigo e as gemas.
3. Na batedeira, bata os dois ovos inteiros até formar uma espuma e dobrar de volume. Aos poucos, adicione as gemas peneiradas.
4. Junte o açúcar, às colheradas, e bata por 10 minutos em velocidade média.
5. Desligue a batedeira e junte a farinha aos poucos, misturando delicadamente.
6. Transfira a massa para a fôrma preparada e gire sobre a bancada para nivelar. Leve ao forno para assar por 20 minutos.
7. Retire do forno e aguarde 10 minutos, antes de desenformar e servir.

Assim são esses negros, explicava Inocêncio, usam às vezes nomes mais extraordinários, sons africanos. Padre Gomes não conhecia Isidro do Batualê, um dono de botequim nas Sete Portas? Não, não conhecia. É mesmo, como havia de conhecer? Pois a gente encontra cada nome mais disparatado. O padrinho, aliás, nem era negro, se fosse mulato era coisa à toa, de longe, já podia passar por branco fino. E tinha esse nome de negro cativo, Antônio de Ogum. Inocêncio conhecia uma Maria de Oxum, vendia mingau na ladeira da Praça.

Os pastores da noite

Dos mingaus

O mingau ainda quentinho pode ser tomado nas esquinas e mercados de Salvador, nas feiras e no porto de Ilhéus, nas ruas da Bahia, bem cedo de manhã. É um hábito que muita gente tem, o de beber um copo de mingau como café da manhã, ou mesmo antes do café da manhã, para preparar o apetite — e é ótimo para curar ressaca.

Na obra de Jorge Amado, o mingau tem papel de destaque. A velha Luísa, a tia de Antônio Balduíno, herói de *Jubiabá*, faz e vende mingau de puba e mungunzá, equilibra a lata cheia do líquido quente na cabeça. A cena de seu enlouquecimento é envolvida em mingau: "Enlouqueceu, coitada, de tanto carregar mingau e mungunzá para vender no Terreiro". O coronel Ribeirinho, quando vem da fazenda Princesa da Serra, não perde a conversa animada com João Fulgêncio, Nacib, professor Josué, o doutor na banca de peixe, quando, às cinco da manhã, os compadres se reúnem e põem em revista os assuntos palpitantes de Ilhéus.

Antes de retornar ao sono, dá uma espiada na praça. No ponto de ônibus, Jacira Fruta-Pão vende mingau de puba, milho e tapioca. Quase ninguém, hora morta.

Tereza Batista cansada de guerra

MINGAU DE MILHO
SERVE 6 PESSOAS
TEMPO DE PREPARO: 30 MINUTOS + 10 MINUTOS NA PANELA

3 espigas de milho verde
2 xícaras (chá) de leite de coco ralo ou água
½ xícara (chá) de leite de coco grosso
1 xícara (chá) de açúcar
canela em pó
2 cravos-da-índia
¼ de colher (chá) de sal

1. Numa tábua, corte os grãos de milho rente à espiga. Repita o processo com as outras espigas.
2. No liquidificador, bata os grãos de milho com o leite de coco ralo ou com água por 2 minutos.
3. Passe a mistura por uma peneira bem fina até extrair todo o suco. Descarte o bagaço ou use para preparar xerém.
4. Transfira para uma panela e tempere com açúcar, sal, cravo-da-índia e canela em pó. Leve ao fogo baixo, mexendo sempre, até ferver.
5. Quando começar a ferver, acrescente o leite de coco grosso e cozinhe por mais alguns minutos, até engrossar um pouco. Se quiser, acrescente uma colherada de manteiga no final. Não deixe engrossar demais, pois ele deve ser tomado em canecas, ainda bem quente.

TOMA-SE MINGAU DE MILHO EM: CAPITÃES DA AREIA E TEREZA BATISTA CANSADA DE GUERRA.

Um clássico

Prato típico de junho — mês do milho, mês de São João —, a canjica é um mingau de milho em ponto mais consistente: posto numa travessa, fica firme, em ponto de cortar. A canjica também é chamada de canjiquinha ou curau em algumas regiões do Brasil, e é tão popular que, para facilitar o trabalho, existe à venda farinha própria para fazê-la, evitando que o cozinheiro tenha o trabalho de ralar o milho. Fica mais fácil, mas com o milho ralado em casa e passado na peneira (urupema) é muito mais gostoso!

A canjica é um dos pratos mais referidos na obra de Jorge Amado: é comida, citada e apreciada em oito livros. Sempre que se fala em São João, um dos primeiros pratos a aparecer é a canjica; junto com ela, inseparável, está o licor de jenipapo.

COME-SE CANJICA EM: Cacau, Jubiabá, Mar morto, Capitães da Areia, ABC de Castro Alves, Dona Flor e seus dois maridos e Tereza Batista cansada de guerra.

— Tu quer mesmo saber? Nunca na minha vida passei um São João sem pular fogueira, sem assar milho, sem comer canjica, sem dançar quadrilha.
[...]
— Ocê gosta tanto assim do são-joão?
— Por demais!
Ela desejava as fogueiras acesas, a batata-doce, o milho verde, as paneladas de canjica, as pamonhas, os manuês, o licor de jenipapo, os passos da quadrilha — merecia.

TOCAIA GRANDE

CANJICA
SEGUNDO RECEITA DE DETINHA
SERVE 8 PESSOAS
TEMPO DE PREPARO: 20 MINUTOS + 25 MINUTOS NA PANELA

6 espigas de milho verde
1 xícara (chá) de leite de coco grosso
2 xícaras (chá) de leite de coco ralo ou água
1 colher (sopa) de manteiga
2 cravos-da-índia
canela em pó a gosto
açúcar a gosto
¼ de colher (chá) de sal

1. Numa tábua, corte os grãos de milho rente à espiga. Repita o processo com todas as espigas.
2. No liquidificador, bata os grãos de milho com o leite de coco ralo ou água até virar uma mistura lisa.
3. Passe a mistura por uma peneira bem fina até extrair todo o suco. Descarte o bagaço ou use para preparar o xerém.
4. Transfira para uma panela e tempere o suco com açúcar, sal, cravo-da-índia e canela em pó. Misture a manteiga e leve ao fogo baixo, mexendo sempre, até ferver.
5. Quando começar a ferver, acrescente o leite de coco grosso e cozinhe por mais 15 minutos até engrossar.
6. Retire do fogo e transfira para uma travessa. Quando esfriar, polvilhe canela em pó por cima e sirva.

Quase todos os coronéis haviam subido para as fazendas, fechados os palacetes em Ilhéus, esquecidos os automóveis nas garages, abandonadas as amantes. Voltavam, após três anos de agitação e de profundas emoções, às casas-grandes, às roças, às esposas, novamente animando as criações de aves nos terreiros, acendendo os grandes fogões, limpando os tachos para doces, providenciando o plantio do milho para o são-joão.

Mas, ah!, poucos fazendeiros viram a canjica mexida nos tachos nesse São João! Sérgio Moura teve uma frase, quando os coronéis voltaram apressadamente às fazendas, disse a Julieta e a Joaquim:

— É a romaria de despedida...

São Jorge dos Ilhéus

Bagaço delícia

O xerém, bem rústico, era outro dos pratos preferidos de Jorge Amado. É feito com o bagaço de milho (também chamado de xerém) que sobrou da canjica — prato fino, que acabou de ser feito. Ele contava que em sua casa em Ilhéus, quando era menino, sempre que faziam canjica, em grandes tachos, faziam também o xerém: com as sobras, por isso em menor quantidade — motivo pelo qual era disputadíssimo.

COME-SE XERÉM EM: Tereza Batista cansada de guerra.

XERÉM

SERVE 6 PESSOAS
TEMPO DE PREPARO: 20 MINUTOS + 50 MINUTOS NO FORNO

6 espigas de milho verde
1 xícara (chá) de leite de coco
1 xícara (chá) de coco ralado fresco
1 colher (sopa) de manteiga
¼ de colher (chá) de sal
açúcar a gosto
cravo-da-índia em pó a gosto
canela em pó a gosto
manteiga para untar

1. Preaqueça o forno a 180 °C (temperatura média). Unte uma assadeira média com manteiga.
2. Numa tigela grande, rale as espigas de milho na parte média do ralador.
3. Sobre outra tigela, passe o milho ralado por uma peneira fina, espremendo bem o bagaço (xerém) com a parte de trás de uma colher. Use o suco do milho, que escorreu para a tigela, em outra preparação, como a canjica ou o mingau de milho.
4. Numa tigela, misture o coco ralado com o bagaço do milho e a manteiga. Tempere com açúcar, sal, cravo-da-índia e canela em pó.
5. Espalhe a massa na assadeira preparada e regue com o leite de coco.
6. Leve ao forno preaquecido para assar por 50 minutos ou até firmar.
7. Retire do forno e deixe esfriar antes de cortar em pedaços.

Em troca, todas as tardes merendava com as irmãs Moraes, mesa farta de doces, os melhores do mundo [...], todas as variações do milho, das espigas cozidas à pamonha e ao manuê, sem falar na canjica e no xerém obrigatórios em junho, a umbuzada, a jenipapada, as fatias de parida com leite de coco, o requeijão, os refrescos de cajá e pitanga, os licores de frutas.

Tereza Batista cansada de guerra

Em junho cozinhou seus tachos de canjica, suas bandejas de pamonha, seus manuês, filtrou seus licores de frutas, seu famoso licor de jenipapo. Com apenas três meses de luto, não abriu suas salas nem nas noites de Santo Antônio e São João, nem mesmo na de São Pedro, patrono das viúvas. Os meninos do bairro acenderam uma fogueira em sua porta e vieram comer canjica; com eles, dona Norma, dona Gisa, três ou quatro amigas, na intimidade, sem nenhuma festa. Todos aqueles pratos de canjicas, as bandejas de pamonha, as garrafas de licor, foram de presente para os tios, os amigos, as alunas, nos ritos de junho, mês das festas do milho.

DONA FLOR E SEUS DOIS MARIDOS

Uma bronca

Quando terminei de escrever a primeira edição deste livro, pedi a papai que lesse os originais e me desse sua opinião. Ele leu e me devolveu com alguns comentários e sugestões. No final da página da receita de xerém, veio escrito: "Cadê a pamonha?". Era verdade, não tinha pamonha. Com a receita de xerém — que de mingau tem pouco e aproxima-se dele apenas pelo fato de ser um subproduto da canjica —, achei que a pamonha ficava demais. Era, afinal, um mingau mais cozido, enrolado em folha de banana! Simplesmente deixei de lado um dos prediletos de papai e de seus personagens. Mas me redimi a tempo.

COME-SE PAMONHA EM: Cacau, Capitães da Areia, Dona Flor e seus dois maridos, Tereza Batista cansada de guerra, Tocaia Grande e O sumiço da santa.

Na rua da frente, se extingue a grande fogueira das irmãs Moraes, já não se ouve o crepitar das achas de lenha no fogo renovado pela criadagem. Na noite milagrosa de São João, solitárias no chalé ante a mesa posta com canjica e pamonha, manuês e licores, as quatro irmãs à espera também.

Tereza Batista cansada de guerra

PAMONHA
RENDE 8 UNIDADES
TEMPO DE PREPARO: 20 MINUTOS + 40 MINUTOS PARA COZINHAR

10 espigas de milho verde com palha
½ xícara (chá) de coco fresco ralado
2 xícaras (chá) de açúcar
1 pitada de sal

1. Leve uma panela grande com bastante água ao fogo alto.
2. Retire as palhas das espigas, com cuidado para não rasgar.
3. Quando a água ferver, mergulhe as palhas e afervente por 1 minuto. Retire com uma pinça e transfira para uma tigela.
4. Dentro de uma tigela grande, rale as espigas de milho na parte média do ralador. Em seguida, com as costas de uma faca, raspe as espigas raladas, para extrair o suco do milho, na mesma tigela.
5. Sobre outra tigela, passe o milho ralado (com o suco) pela peneira, espremendo bem o bagaço com a parte de trás de uma colher. Descarte o bagaço ou, se preferir, use para preparar o xerém.
6. Misture bem o coco ralado, o açúcar e o sal ao suco de milho na tigela.
7. Leve uma panela bem grande, com 4 litros de água, ao fogo médio.
8. Para fazer o saquinho onde cada pamonha será cozida, comece juntando duas palhas: encaixe uma dentro da outra, mantendo a parte curva para baixo; se as palhas forem muito finas ou estreitas, você vai precisar de mais uma ou duas por saquinho. Com um barbante, amarre firme a extremidade de baixo. Repita o procedimento até completar oito unidades.
9. Com um funil, despeje o creme, até cerca de 3 cm da borda. Com outro barbante, feche o saquinho, amarrando bem firme. Transfira para um prato e repita o processo com as outras pamonhas. Atenção: por mais firme que você amarre, é normal que escorra um pouquinho do líquido. Mas, assim que as pamonhas começarem a cozinhar, o líquido engrossa e para de vazar.
10. Aumente o fogo e, quando a água estiver borbulhando, coloque as pamonhas para cozinhar por 40 minutos ou até a cozinha ficar com perfume de milho cozido. Retire as pamonhas com uma escumadeira e transfira para uma travessa.

À MÁQUINA
Segundo mamãe, o saquinho da pamonha pode ser costurado à máquina, o que facilita o preparo; ela também disse que fica muito melhor quando cozida no vapor.

Filhas de santo largavam seus tabuleiros de acarajé e abará, suas latas de mingau de puba e tapioca, suas frigideiras de aratu, desertavam nas esquinas da cidade, faltavam à freguesia.

Os pastores da noite

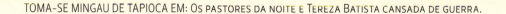

TOMA-SE MINGAU DE TAPIOCA EM: Os pastores da noite e Tereza Batista cansada de guerra.

MINGAU *de* TAPIOCA

SEGUNDO RECEITA DE DETINHA
SERVE 12 PESSOAS

------------------------=================----------------------========

    250 g de tapioca de caroço
    1 xícara de leite de coco grosso
    2 litros de leite de coco ralo
    açúcar a gosto
    1 pitada de sal
    canela a gosto
    cravo a gosto

1. Coloque a tapioca de molho numa tigela e cubra com água, para que inche por cerca de 3 horas.
2. Num caldeirão, coloque a tapioca inchada, junte o leite de coco ralo — que foi extraído de um só coco, misturando-se 2 litros de água ao seu bagaço. Tempere com açúcar, sal, canela e cravo; leve ao fogo, mexendo sempre.
3. Quando começar a engrossar, junte o leite de coco grosso e cozinhe por mais cinco minutos.
4. Se gostar, sirva polvilhado com canela em pó.

Sem dúvida

Munguzá, ou mungunzá, é mingau de vários nomes, o que rende até uma certa confusão. Em São Paulo, chamam munguzá de canjica; mas, na Bahia, canjica se come, e munguzá se toma, como mingau. No Maranhão chamam de mingau de milho, mas nosso mingau de milho baiano é outra coisa. Em Pernambuco, chama-se chá de burro. O que é uma coisa aqui é outra ali. Para que não restem dúvidas, o munguzá baiano é o mingau feito com os grãos inteiros de milho branco e leite de coco.

TOMA-SE MUNGUZÁ EM: Cacau, Suor, Jubiabá, Mar morto, Capitães da Areia, ABC de Castro Alves, Dona Flor e seus dois maridos e Tereza Batista cansada de guerra.

Na estrada de animais que corre paralela à estrada de ferro passam boiadas. Vaqueiros gritam tangendo os animais. Nas estações vendem doces de milho, mingau, mungunzá, pamonha e canjica. O sertão vai entrando pelo nariz e pelos olhos de Volta Seca.
Capitães da Areia

MUNGUZÁ

SERVE 12 PESSOAS
TEMPO DE PREPARO: 12 HORAS PARA HIDRATAR + 1H10

500 g de milho branco seco (canjica de milho)
3 xícaras (chá) de leite de coco grosso
3 xícaras (chá) de leite de coco ralo ou água
1 ½ xícara (chá) de açúcar
½ colher (chá) de sal
½ colher (chá) de canela em pó
cravo-da-índia a gosto

NA VÉSPERA
Numa tigela, lave o milho, coloque numa tigela e cubra com água filtrada. Leve à geladeira e deixe de molho até o dia seguinte.

1. Transfira o milho e a água do molho para uma panela grande — caso ela não seja suficiente para cobrir os grãos, complete com mais água. Tempere com sal e leve ao fogo baixo para cozinhar por 30 minutos, mexendo de vez em quando.
2. Junte o leite de coco ralo (ou a água), o açúcar, o cravo-da-índia e a canela em pó e deixe cozinhar por 30 minutos, mexendo de vez em quando.
3. Acrescente o leite de coco grosso e deixe no fogo por mais 10 minutos ou até que o milho fique macio e o caldo engrosse.

— Espere eu voltar para contar o resto — pede a velha Adriana aproveitando a pausa. — É só um minuto enquanto trago o mungunzá.
— Puxa! — exclama Tereza: — Sujeito mais péssimo esse Libório.
[...]
Nos pratos fundos, o mungunzá de colher, a mistura do milho e do coco, da canela e do cravo. O rábula esquece por um instante a brilhante peça de acusação contra Libório das Neves. Ah! Se fosse no tribunal do júri!
— Divino, simplesmente divino esse mungunzá, Adriana. Se fosse no júri...

TEREZA BATISTA CANSADA DE GUERRA

De legumes e frutas

É indispensável, numa boa mesa de merenda, um legume ou uma fruta quente. Aipim, inhame, batata-doce, fruta-pão podem substituir o pão. A banana-da-terra frita ou cozida, de doçura e gosto incomparáveis, sempre está presente, mesmo quando a merenda é modesta. Ao sabor e à facilidade da preparação se alia outra vantagem: a do baixo custo.

As receitas a seguir são muito simples. São apenas frutas e legumes cozidos em água, que são servidos com manteiga, ovos fritos, queijos, melado, enfim, com o que a imaginação e o paladar permitirem.

> *O café da família do patrão valia bem mais que o nosso almoço, café gordo com leite, pão, queijo, arroz-doce, aipim e quanta coisa mais...*
> CACAU

> *Tudo que aceitou foi um café com aipim em casa do velho Jerônimo. E partiu.*
> SEARA VERMELHA

> *Danilo era doido por batata-doce, mas Adalgisa só de raro em raro a cozinhava: provocava gases [...].*
> O SUMIÇO DA SANTA

Apesar dos pesares

A batata-doce é uma das raízes mais apreciadas no café da manhã baiano, servida quente com manteiga ou, melhor ainda, com melado de cana. Ela é um pouco indigesta e pode provocar gases. Jorge Amado escreveu sobre esse assunto em *O sumiço da santa*, contando a respeito da predileção de Danilo por uma boa batata-doce e dos problemas que ela pode causar. O leitor não deve se impressionar muito com isso: uma batatinha-doce de vez em quando não vai fazer mal.

COME-SE BATATA-DOCE COZIDA EM: GABRIELA, CRAVO E CANELA, TOCAIA GRANDE E O SUMIÇO DA SANTA. COME-SE AIPIM COZIDO EM: CACAU, SÃO JORGE DOS ILHÉUS, SEARA VERMELHA, GABRIELA, CRAVO E CANELA, TIETA DO AGRESTE, TOCAIA GRANDE E O SUMIÇO DA SANTA.

BATATA-DOCE COZIDA
SERVE 6 PESSOAS
TEMPO DE PREPARO: 10 MINUTOS + 20 MINUTOS PARA COZINHAR

6 batatas-doces
1 colher (chá) de sal

1. Lave bem as batatas-doces em água corrente e, com um descascador de legumes, retire e descarte a casca.
2. Coloque as batatas em uma panela grande e cubra com água. Tempere com sal e leve ao fogo médio. Deixe cozinhar por cerca de 20 minutos ou até ficarem macias.
3. Desligue o fogo e escorra a água. Sirva a seguir com manteiga ou melaço de cana.

AIPIM COZIDO
SERVE 6 PESSOAS
TEMPO DE PREPARO: 10 MINUTOS + 20 MINUTOS

6 aipins
2 colheres (sopa) de sal
manteiga para servir

1. Com uma faca afiada ou descascador de legumes, descasque os aipins. Passe por água corrente para limpar qualquer resíduo de terra.
2. Coloque os aipins em uma panela grande, cubra com o dobro de água e tempere com sal. Leve ao fogo alto e, quando ferver, deixe cozinhar por cerca 20 minutos até ficarem macios.
3. Escorra a água e transfira os aipins para um prato. Sirva quente com manteiga.

*A verdade é que já sentia
saudade dela, de sua limpeza,
do café da manhã com cuscuz
de milho, batata-doce,
banana-da-terra fita, beijus...*
GABRIELA, CRAVO E CANELA

*A negra Felícia vinha de lá de dentro dizer que o café
com leite estava na mesa, com aipim e banana cozida.*
SÃO JORGE DOS ILHÉUS

Melhor não resistir

"Para banana frita eu não tenho nenhum caráter, não resisto: como", é o que dizia minha comadre Misette, a irmã francesa de Zélia e Jorge Amado. É verdade, não há caráter que resista a uma banana bem fritinha na manteiga, com açúcar e canela por cima.

COME-SE BANANA FRITA EM: Gabriela, cravo e canela, Tereza Batista cansada de guerra, Tieta do Agreste e Tocaia Grande.

BANANA FRITA
SERVE 6 PESSOAS
TEMPO DE PREPARO: 25 MINUTOS

6 bananas-da-terra maduras
100 g de manteiga
1 xícara (chá) de açúcar
1 colher (sopa) de canela

1. Descasque as bananas e, com um mandolim (fatiador) ou faca bem afiada, corte no sentido do comprimento fatias de cerca de 3 mm de espessura (cada banana rende aproximadamente 3 ou 4 lâminas).
2. Numa tigela, misture o açúcar com a canela e reserve para polvilhar.
3. Numa panela ou frigideira de fundo largo, aqueça a manteiga sem deixar que escureça. Coloque algumas lâminas de banana — sem sobrepor as fatias — e frite até que as bordas comecem a dourar, cerca de 2 minutos de cada lado. Transfira para um prato forrado com papel-toalha. Repita o processo com todas as fatias.
4. Transfira as bananas do prato para uma travessa bonita e polvilhe com a mistura de açúcar e canela. Sirva a seguir.

Simples assim

A maneira mais comum de comer a banana-da-terra cozida é assim: ainda bem quente, depois de descascada, parta a fruta ao meio, no sentido do comprimento, retire (ou não, ao gosto do freguês) a faixa de sementes do centro, passe manteiga e polvilhe com açúcar.

COME-SE BANANA COZIDA EM: São Jorge dos Ilhéus e Tieta do Agreste.

BANANA COZIDA
SERVE 6 PESSOAS
TEMPO DE PREPARO: 1 HORA

6 bananas-da-terra maduras
manteiga a gosto
açúcar a gosto
canela a gosto

1. Lave as bananas em água corrente, esfregando muito bem as cascas com uma escovinha de legumes. Numa tábua, corte as extremidades.
2. Transfira as bananas para uma panela grande e cubra com o dobro de água. Leve ao fogo alto e, quando ferver, deixe cozinhar até que as cascas comecem a rachar, cerca de 40 minutos. Retire do fogo e escorra a água.
3. Transfira para um prato e, com um garfo, descasque as bananas. Sirva a seguir, com manteiga, açúcar e canela a gosto.

Bela e boa

Que linda que é a fruta-pão! Mais bonito que uma fruta-pão somente um pé de fruta-pão carregado. Você já viu? Árvore maravilhosa, alimenta a alma. Além de bonita — grande, arredondada, verde —, a fruta-pão tem a polpa clara, às vezes esbranquiçada, às vezes amarelada, que quando cozida também é muito saborosa.

COME-SE FRUTA-PÃO COZIDA EM: Tieta do Agreste, Tocaia Grande e O sumiço da santa.

Detiveram-se no descampado onde os condutores dos primeiros comboios a pernoitar naquele sítio haviam construído uma espécie de toldo de palha, precário abrigo contra o sol e a chuva. Ali acendiam fogo, assavam charque, cozinhavam inhame e fruta-pão, ferviam café e praticavam sobre a vida e a morte ou seja sobre a lavoura de cacau, tema eterno e apaixonante.
                    Tocaia Grande

FRUTA-PÃO COZIDA

SERVE 6 PESSOAS

--------------========================---------------------

1 fruta-pão grande
água para cobrir os pedaços de fruta-pão
1 colher (sobremesa) de sal
manteiga para servir

1. Lave a fruta-pão e corte fora seu cabinho.
2. Corte em quatro pedaços, coloque numa panela e cubra com água (sem descascar), tempere com sal.
3. Leve ao fogo para cozinhar. Quando estiver macia estará pronta.
4. Retire do fogo, escorra a água e descasque.
5. Sirva quente, com manteiga.

Para ficar *perfeito*

Nada é mais típico das festas de junho — de São João, São Pedro e Santo Antônio — do que o milho cozido, que também é muito apreciado nas merendas.

O milho nacional é muito bom, apesar de opiniões contrárias, como a de Auta Rosa, esposa do pintor e gravador Calasans Neto, que é louca por milho americano.

Um conselho de Zélia Gattai para fazer o milho perfeito: nunca o cozinhe com sal; ao contrário, coloque uma colher de chá de açúcar na água de seu cozimento.

COME-SE MILHO COZIDO EM: Cacau, Gabriela, cravo e Canela, Tereza Batista cansada de guerra, Tocaia Grande e O sumiço da santa.

MILHO COZIDO
SERVE 6 PESSOAS
TEMPO DE PREPARO: 15 MINUTOS + 40 MINUTOS NA PANELA

6 espigas de milho
1 colher (chá) de açúcar
1 ½ colher (sopa) de sal
manteiga para servir

1. Leve ao fogo alto um caldeirão com água suficiente para cobrir todas as espigas de milho.
2. Enquanto isso, tire as palhas e os cabelinhos dos milhos e lave as espigas.
3. Quando a água ferver, misture o açúcar e coloque as espigas para cozinhar por cerca de 40 minutos, até que o grão fique macio e, puxando, saia com facilidade. Desligue o fogo.
4. Misture o sal e mantenha o milho na água quente até a hora de servir. Sirva com manteiga.

*Honório dançava danças de macumba,
ao mesmo tempo que comia milho cozido.*

CACAU

Pela manhã, Damiana preparava caldeirões de massa para os bolos de puba, milho e aipim que espevitada leva de moleques mercadejava à tarde de porta em porta, para freguesia certa. Doceira de mão-cheia, o cartaz de Damiana do Arroz-Doce — ah! o arroz-doce de Damiana, só de lembrar dá água na boca — não se reduzia ao bairro do Barbalho; sua freguesia estendia-se pelos quatro cantos da cidade, e, no mês das festas de São João e de São Pedro, o mês de junho, não dava abasto às encomendas de canjica, pamonha e manuê.

O SUMIÇO DA SANTA

Dos biscoitinhos e de outras coisas

Juntei neste último capítulo das merendas de dona Flor dois biscoitinhos famosos na Bahia, o sequilho e a bolachinha de goma, que se come a toda hora, durante o dia inteiro, e alguns pratos que, por serem especiais, não se enquadram nas demais categorias, como o requeijão frito, purinho e simples — não a *cartola*, de Pernambuco, nem o *mineiro com botas*, de Minas Gerais —, que de tão saboroso pode ser a alma de uma merenda. Tem também o arroz-doce: português, mas tão baiano; o bolinho de estudante ou punheta, como é mais conhecido, especial até no nome; e, finalmente, a fatia de parida, prato que já existia entre os romanos no início da era cristã e que ainda hoje é comido em todo o mundo — variam-se só um pouquinho os ingredientes que são misturados às sobras de pão. Aqui, a fatia de parida é a única receita original do próprio Jorge Amado.

Puro de origem

Prato português, hoje em dia totalmente incorporado pela culinária baiana, o arroz-doce não pode faltar numa boa mesa de merenda. A receita a seguir é de Elisa Salema, escrita por seu marido, o grande escritor português Álvaro Salema, e enviada pelo casal à amiga Zélia Gattai.

COME-SE ARROZ-DOCE EM: Cacau, Jubiabá, Dona Flor e seus dois maridos e O sumiço da santa.

— Pelo menos um pedaço de arroz-doce.
— Estou sem fome.
— Para não me fazer desfeita.
Aceitei. Comia devagar aquele doce gostoso quando Mária chegou e gracejou:
— Nunca tinha comido isso, hein?
— Em minha terra tem muito, senhorita.
[...]
— Ah! É de Sergipe, não é? Lá fazem muito arroz-doce.

Cacau

ARROZ-DOCE

SEGUNDO RECEITA DE ELISA SALEMA
SERVE 8 PESSOAS

------------------============================---------------

"Põe-se 7 punhados (mão fechada à comunista) de arroz de goma de molho em 2 litros e meio de leite, durante 2 horas. Junta-se um bocado de casca de limão e leva-se ao lume a cozer, até que o arroz fique bem cozido. Tira-se o tacho do lume, deixa-se arrefecer um bom bocado e junta-se uma colher de sopa de manteiga, açúcar o quanto baste e as gemas de 7 ovos grandes. Leva-se ao lume a engrossar, sem deixar talhar as gemas. Espalha-se na travessa e enfeita-se com canela."

7 punhados de arroz de goma
2 ½ litros de leite
cascas de 2 limões
1 colher (sopa) de manteiga
açúcar a gosto
7 gemas (de ovos grandes)
canela em pó a gosto

1. Coloque o arroz numa panela e cubra com o leite, deixando de molho por 2 horas.
2. Acrescente as cascas de limão e leve ao fogo.
3. Cozinhe mexendo até que o arroz fique bem cozido.
4. Tire a panela do fogo e junte a manteiga, tempere com açúcar a seu gosto e coloque as gemas.
5. Volte com a panela ao fogo para engrossar, mexendo com cuidado, para que as gemas não talhem.
6. Retire do fogo e coloque numa travessa para esfriar.
7. Quando estiver morno, polvilhe a superfície com canela em pó. Se quiser, recorte em papel a silhueta de flores, corações etc., coloque por cima do arroz-doce e polvilhe canela; depois retire o papel, ficando o desenho de canela sobre o arroz-doce.

OBS.: *Se não encontrar o arroz de goma, compre um arroz dos que desmancham ao cozinhar e não o parboilizado ou com outros tratamentos, que fazem o arroz ficar soltinho.*

Não é piada

Bolinho de estudante é um doce de tapioca frito na gordura e coberto com canela e açúcar. É mais conhecido por "punheta", nome que dá margem a muitas pilhérias, conversas de sotaque e divertimento. É sobre o nome do bolinho que conversam Maneia e Romélia, em *O sumiço da santa*.

    Dadá faz a melhor punheta da Bahia, pequenina, torradinha por fora e muito macia por dentro. Ela é servida com o cafezinho, junto com o cuscuz de tapioca.

COME-SE BOLINHO DE ESTUDANTE EM: O SUMIÇO DA SANTA.

Romélia a conhecia, punha-lhe a bênção e pilheriavam a propósito do nome verdadeiro do chamado bolinho de estudante. Como é mesmo, tia Romélia? E tu não sabe, menina? Olha que tu sabe muito bem, o nome é punheta, bolinho de estudante é pronúncia de beata. Punheta, tão gostosa como a outra. Outra, que outra, tia Romélia, por favor me diga. A que tu sabe de sobejo, não se faça de boba. Riam as duas [...].
                                     O SUMIÇO DA SANTA

BOLINHO DE ESTUDANTE

SEGUNDO RECEITA DE DADÁ
RENDE 30 UNIDADES
TEMPO DE PREPARO: 20 MINUTOS + 15 MINUTOS PARA FRITAR

2 xícaras (chá) de tapioca granulada
1 xícara (chá) de coco fresco ralado
½ colher (chá) de sal
1 ½ xícara (chá) de açúcar
2 xícaras (chá) de água morna
óleo para fritar
1 colher (sopa) de canela
manteiga para untar as mãos

1. Num liquidificador, bata o coco fresco ralado com a água morna por 4 minutos. Transfira para uma tigela grande e tempere com ½ xícara (chá) de açúcar e o sal.

2. Acrescente 1 ½ xícara (chá) de tapioca granulada, misture e deixe hidratar por 5 minutos, até que fique macia e consistente.

3. Espalhe nas mãos um pouco de manteiga e enrole uma porção de massa do tamanho de uma bola de pingue-pongue, puxe ligeiramente as extremidades da massa, formando biquinhos, e transfira para uma travessa. Repita o processo com a massa toda.

4. Coloque a tapioca granulada restante num prato raso e empane os bolinhos, cobrindo bem todos os lados.

5. Forre uma travessa com papel-toalha e, numa tigelinha pequena, misture o restante do açúcar e a canela.

6. Leve uma panela funda com o óleo ao fogo médio até esquentar. Coloque apenas um pedacinho de massa no óleo para verificar a temperatura. Se não fritar, aguarde um pouco mais.

7. Frite alguns bolinhos por vez, somente por cerca de 2 minutos ou até que fiquem dourados (a tapioca usada para empanar fica branca). Com uma escumadeira, passe para a travessa forrada com papel-toalha. Repita a operação com todos os bolinhos.

8. Transfira os bolinhos para um prato e polvilhe o açúcar com canela por cima. Sirva a seguir.

Belisco de toda hora

Especialidade de dona Nonô, mãe da jornalista July, os sequilhos são biscoitinhos muito apreciados na Bahia. Fazê-los bem é uma arte, e quem se especializa ganha fama. Era um dos biscoitos favoritos de Jorge Amado, que sempre tinha uma boa reserva deles na casa do Rio Vermelho.

SEQUILHOS

SEGUNDO RECEITA DE NAZARETH COSTA
RENDE 60 UNIDADES
TEMPO DE PREPARO: 30 MINUTOS + 15 MINUTOS NO FORNO

100 g de manteiga amolecida
1 xícara (chá) de açúcar
1 ovo
2 xícaras (chá) de farinha de trigo
1 gema
açúcar para polvilhar

1. Preaqueça o forno a 180 °C (temperatura média). Forre três assadeiras retangulares de 35 cm × 25 cm com papel-manteiga.
2. Na batedeira, bata a manteiga com o açúcar até virar um creme fofo. Numa tigelinha separada, quebre o ovo e junte ao creme. Bata por 1 minuto, apenas para misturar bem.
3. Retire a mistura da batedeira e, com uma colher, adicione a farinha aos poucos, sem mexer demais a massa, só até incorporar.
4. Polvilhe um pouco de farinha numa bancada limpa e faça com a massa rolinhos de cerca de 3 cm de espessura. Corte cada rolinho em fatias de 1 cm e transfira para a assadeira forrada. Marque cada biscoitinho com um garfo, pressionando levemente os dentes dele na massa.
5. Numa tigelinha, com o auxílio do garfo, misture 1 gema com 1 colher (sopa) de água. Pincele cada biscoito com a gema e polvilhe um pouco de açúcar.
6. Leve ao forno para assar por 15 minutos e transfira para uma grade. Deixe esfriar completamente antes de guardar num recipiente com fecho hermético.

BOLACHINHA *de* GOMA

SEGUNDO RECEITA DE DETINHA

-----------------========================------------------

PARA 1 KG DE BOLACHINHAS
4 ½ copos de goma
4 gemas
1 copo de açúcar
1 colher (chá) de fermento
200 g de manteiga
1 copo de leite de coco grosso
1 pitada de sal

1. Misture bem todos os ingredientes.
2. Tire pedacinhos pequenos de massa, enrole na palma da mão, fazendo *cobrinhas* que se juntam nas pontas, formando argolinhas (pode-se também formar bolinhas, que são levemente pressionadas no alto com um garfo).
3. Unte uma assadeira com manteiga.
4. Coloque os biscoitinhos na assadeira. Leve para assar em forno moderado por 10 a 15 minutos — a bolachinha não fica muito corada.

Acompanhada de Leonora e de Ricardo — de batina — Tieta, dias depois, paga a visita. Modesto e dona Aída a recebem e tratam nas palmas das mãos: licor de jenipapo, bolo de milho, doce de banana em rodinhas, confeitos e bolachas de goma. Dona Aída, esconda essas tentações, estou engordando a olhos vistos, vou virar uma baleia. Que nada, a senhora está ótima.

Tieta do Agreste

COME-SE BOLACHINHA DE GOMA EM: Tieta do Agreste.

Receita de autor

A fatia de parida que se come em *Tereza Batista*, molhada no leite de coco, é receita original do próprio Jorge Amado, só ele fazia assim. Isto é, não fazia: ele mandava fazer. A invenção é que foi dele e dá certíssimo, fica muito saboroso, apenas dura menos que a fatia de parida normal (feita com leite de vaca), pois azeda com mais facilidade.

Em Paris, num Natal, ele pediu a Zélia que fizesse um prato de fatias de parida para presentear seu amigo, M. Romeo Sparagagno, dono da frutaria da esquina da rue Saint Paul. Quando M. Romeo viu as rabanadas, exclamou: "*c'est du pain perdu*". Quando provou, viu que não era: o *pain perdu* é a nossa fatia de parida tradicional, que é feita em toda parte do mundo; já aquela era a especial, a com leite de coco, invenção do escritor baiano.

COME-SE FATIA DE PARIDA EM: TEREZA BATISTA CANSADA DE GUERRA.

Em troca, todas as tardes merendava com as irmãs Moraes, mesa farta de doces [...], sem falar na canjica e no xerém obrigatórios em junho, a umbuzada, a jenipapada, as fatias de parida com leite de coco [...].
TEREZA BATISTA CANSADA DE GUERRA

FATIA DE PARIDA

SERVE 6 PESSOAS
TEMPO DE PREPARO: 30 MINUTOS

2 baguetes médias amanhecidas
1 xícara (chá) de leite de coco grosso
1 xícara (chá) de leite de coco ralo ou água
3 colheres (sopa) de açúcar
¼ de colher (chá) de sal
3 ovos
200 g de manteiga
1 xícara (chá) de açúcar para polvilhar
1 colher (sopa) de canela em pó

1. Com uma faca de pão, corte as baguetes em rodelas de 2 cm.
2. Numa tigela, misture os leites de coco (grosso e ralo) com o açúcar e o sal. Em outra tigela, quebre os ovos e misture com um garfo.
3. Na tigela com o leite de coco temperado, coloque algumas fatias de pão e deixe de molho por alguns segundos. Use uma peneira para escorrer o excesso de líquido.
4. Leve uma frigideira grande ao fogo baixo e coloque ⅓ da manteiga para derreter.
5. Passe as fatias hidratadas pelos ovos batidos e transfira imediatamente para a frigideira, deixando dourar dos dois lados. Disponha numa assadeira forrada com papel-toalha e repita todo o processo com as outras fatias, acrescentando o restante da manteiga na frigideira quando necessário.
6. Numa tigela, misture 1 xícara (chá) de açúcar com a canela em pó.
7. Arrume as fatias de pão numa travessa bonita e polvilhe com a mistura de açúcar e canela. Sirva a seguir.

Quitutes e iguarias, além dos livros, uniam o mulato baiano e o escuro peninsular, ambos de forte apetite e gosto apurado, ambos cozinheiros de mão-cheia. Archanjo não tinha rival em certos pratos baianos, sua moqueca de arraia era sublime. Bonfanti preparava uma pasta-sciuta-funghi-secchi de se lamber os dedos, reclamando contra a inexistência na Bahia de ingredientes indispensáveis. Das conversas e de almoços dominicais, nasceu a ideia de um manual de culinária baiana, reunindo receitas até então transmitidas oralmente ou anotadas em cadernos de cozinha.

TENDA DOS MILAGRES

Aí está a cozinha baiana, um dos elementos mais ricos desta nossa cultura mestiça e original, que se revela através dos pratos que alimentam e dão prazer aos personagens de Jorge Amado.

Se a leitora e o leitor gostaram do livro, eu agradeço e peço que experimentem fazer as receitas, nem todas são difíceis. Preparando e saboreando esses pratos, vocês estarão se tornando ainda mais próximos de Quincas Berro Dágua, de Coroca, de Pedro Bala, de Maria Clara e mestre Manuel, de dona Flor e seus dois maridos: Vadinho e Teodoro; de Oxum e Oxóssi... de Pedro Archanjo e da gente da Bahia.

AINDA MAIS RECEITAS DA OBRA DE JORGE AMADO...

CARURU DE FOLHA EM: Dona Flor e seus dois maridos.

FRIGIDEIRA DE ARATU EM: Dona Flor e seus dois maridos e Os pastores da noite.

FRIGIDEIRA DE MATURI EM: Tieta do Agreste.

FRIGIDEIRA DE GUAIAMUM EM: Tieta do Agreste.

MOQUECA DE ARRAIA EM: A morte e a morte de Quincas Berro Dágua, Tenda dos Milagres e O sumiço da santa.

MOQUECA DE ARATU EM: Suor, Dona Flor e seus dois maridos e O sumiço da santa.

MOQUECA DE OSTRA EM: O sumiço da santa.

MOQUECA DE SIRI-MOLE EM: Dona Flor e seus dois maridos, Tenda dos Milagres, Tereza Batista cansada de guerra e O sumiço da santa.

CANJA DE CAPÃO EM: Tieta do Agreste.

MOLHO PARDO DE CONQUÉM EM: Dona Flor e seus dois maridos.

ESCALDADO DE GUAIAMUM EM: Tereza Batista cansada de guerra.

CABRITO ASSADO EM: Tieta do Agreste.

CARNE DE SOL COM PIRÃO DE LEITE EM: Dona Flor e seus dois maridos, Tereza Batista cansada de guerra e Tieta do Agreste.

CÁGADO GUISADO EM: Dona Flor e seus dois maridos E Tenda dos Milagres.

CAITITU ASSADO EM: Dona Flor e seus dois maridos.

TEIÚ EM: Dona Flor e seus dois maridos, Tereza Batista cansada de guerra, Tieta do Agreste e Tocaia Grande.

AMODA EM: O sumiço da santa.

DOCE DE GROSELHA EM: Tereza Batista, cansada de guerra e Tieta do Agreste.

DOCE DE MANGABA EM: Tereza Batista cansada de guerra.

JENIPAPADA EM: Tieta do Agreste.

PASSA DE JENIPAPO EM: Tieta do Agreste.

CUSCUZ DE PUBA EM: Gabriela, cravo e canela, Tenda dos Milagres e Tieta do Agreste.

BOLO DE PUBA EM: Os velhos marinheiros ou O capitão-de-longo-curso, Tenda dos Milagres, Tocaia Grande e O sumiço da santa.

BOLO DA EUNICE EM: Os ásperos tempos, os subterrâneos da liberdade, vol. 1

MINGAU DE PUBA EM: Suor, Jubiabá, Mar morto, Gabriela, cravo e canela, Os pastores da noite e Tereza Batista cansada de guerra.

INHAME COZIDO EM: Gabriela, cravo e canela, Tocaia Grande e O Sumiço da santa.

REQUEIJAO FRITO EM: Tereza Batista cansada de guerra e O sumiço da santa.

Índice de pratos e ingredientes

A abacaxi, 46, 75, 188-9, 233
abará, 73, 95, 99, 262
abóbora, 30, 112, 114-5
acaçá, 38, 73, 86-7, 144
acarajé, 33, 36, 38, 40-2, 44-5, 49, 73, 95, 99, 144, 221, 233, 262; de feijão-branco, 40
acém, 127
açúcar cristalizado, 219
açúcar-cande, 30
água de flor de laranjeira, 198
aipim, 30, 95, 132, 222, 233, 238-9, 246, 270, 273, 280; cozido, 221, 271; ver também doce de aipim
alecrim, 174
amalá ver caruru
ambrosia, 33, 57, 191-4, 200
ameixa seca, 143
ameixa verde, 27
amêndoa, 33
amendoim, 78, 80, 83-5; torrado, 39, 146
araçá, 188, 205
araçá-mirim, 210, 218; ver também doce de araçá-mirim
araife, 33, 67
aratu, 149, 262 ver também moqueca de aratu
arraia, 101, 109, 294
arroz, 31, 79, 93, 117, 125, 133, 172, 175, 223; branco, 146, 158; de cabidela, 138; de goma, 283; de hauçá, 52, 73, 144, 177-9; doce, 270, 280, 282-3
azeite de dendê, 28, 30, 33, 41, 43, 45, 73, 78-80, 83-5, 88, 90, 100, 105, 108, 144, 146, 159-60, 180
azeite de oliva, 30, 47, 53-4, 58, 60, 83, 94, 105, 152, 155, 158, 179-80

B baba de moça, 198
bacalhau, 47, 94, 96; ver também bolinho de bacalhau
badejo, 160
bagaço de milho, 256
baguete amanhecida, 293
banana, 260; cozida, 132, 233, 273, 275; da-terra, 186, 221, 269, 273, 275; frita, 222, 274; prata, 185-6, 208; ver também doce de banana
batata, 47, 94, 114; cozida, 48
batata-doce, 27, 32, 114, 221, 254, 269-71, 273
beiço, 128

beiju, 45, 221, 223, 227, 273; de tapioca, 32, 221, 227-8; molhado em leite de coco, 229, 233; seco, 45
bertalha, 83
bife de caçarola, 33
biscoito, 288
bodinho ver cabrito
bolacha de goma, 221, 281, 290-1
bolachão mofado, 27
bolinho de bacalhau, 47, 166, 182
bolinho de carne, 37, 49-50
bolinho de estudante, 221, 281, 286-7
bolinho de mandioca, 95
bolinho de puba, 95
bolo, 27-8, 161, 189, 198, 221, 233; branco, 221; de aipim, 27, 239; de carimã ver bolo de puba; de fubá, 240; de milho, 230, 240-1, 291; de puba, 27, 221, 245-6; de tapioca, 234-5; pernambuco, 247; podre, 234
bom-bocado, 166
brigadeiro, 166
broto de carnaúba, 94
broto do dendezeiro, 94

C cabeça de peixe, 76, 100
cabrito, 31, 164
caça, 31-2, 49
café com leite, 221-2, 226, 240, 248, 273
cágado, 32
caititu, 165
cajá, 185, 188, 218
caju, 188, 210-1, 233; ameixa, 218
caldo: de cabeça de peixe, 76; de feijão, 121, 123; de galinha, 76; de lambreta, 37, 52, 53; de peixe, 79; gordo de verduras, 223
camarão, 60, 95, 162; seco, 28, 41, 43, 45, 78-80, 83-5, 88, 90, 93, 97-8, 146, 179-80; ver também moqueca de camarão; frigideira de camarão; suflê de camarão
canela, 193-4, 208, 215, 221, 239, 253, 255, 257, 263, 265, 267, 274-5, 283, 286-7, 293
canja, 132; de galinha, 133, 221
canjica, 27, 38, 188, 230, 254-7, 260, 264, 280, 292
capote ver galinha d'angola
carambola, 188, 210, 218; ver também doce de carambola
caranguejo, 58-9, 121, 149-50, 154-5; catado, 59

301

carapeba, 109
carimã ver puba
carne, 127; assada, 49; com chuchu, 93; com pirão de leite, 161; de fumeiro, 114, 117; de peito, 115; de porco, 127; de sol, 31, 161, 177, 209, 212; desfiada com cebola, 184; do sertão ver carne-seca; gorda, 114; mal--assada ver mal-assada; moída, 50, 66, 68; salpresa, 127; -seca, 26-7, 30, 32, 114-5, 120, 122, 126-7, 176-7, 179-80, 184-6; ver também bolinho de carne
carneiro, 49, 164, 178, 223
cartola, 281
caruru, 29, 33, 52, 72, 75, 79, 80, 82, 144
casca de limão, 283
casquinho de caranguejo, 55, 58
casquinho de siri, 58
castanha-de-caju, 45, 78, 80, 83, 146, 211
catassol, 86
catraia ver galinha d'angola
caviar, 190
cenoura, 114
chá-de-burro ver munguzá
charque ver carne-seca
chocolatada, 200
chocolate meio amargo, 207
chuchu, 112, 116
chupa-molho, 127
cobra, 27
cocada, 31, 38, 75, 189, 199-200; branca, 199; puxa, 200-1
cocar ver galinha d'angola
coco, 52, 91, 199, 201, 231, 235, 244, 267, 287; ralado, 93, 199, 204, 230, 235, 244, 257, 261
codorna, 165
colorau, 141
comidas de azeite, 30
confeitos, 60, 291
conquém ver galinha d'angola
coração, 143
costela, 117
costeleta de porco, 182
cotia, 32
couve, 115-6
cozido, 32, 49, 114, 116
cravo, 193-4, 208, 210, 214-5, 239, 253, 255, 257, 263, 265, 267

creme de abacate, 140
creme do homem, 206-7
curau ver canjica
cuscuz, 91, 221-3, 226, 234, 246; árabe, 223; com leite de coco, 221; cru, 230; de milho, 138, 221-2, 226-7, 233, 248, 273; de puba, 132; de tapioca, 221, 223, 230-1, 246, 286; paulista, 223

D doce: de aipim, 95; de araçá, 205; de araçá--mirim, 31; de banana de rodinha, 31, 208; de caju, 211; de carambola, 31, 210; de jaca, 32, 212-3; de jenipapo, 31; de laranja-da--terra, 213-4; de mamão verde, 215-6; de milho, 95, 189; de puta ver doce de banana de rodinha

E ebó de milho branco, 86
efó, 52, 73, 75, 82-3, 144
empadinha, 182
empanada, 35
escargots, 30
esfiha, 33, 63

F farinha, 26-7, 30-2; de mandioca, 59, 88, 116, 122, 129, 137, 141, 153, 155, 160, 169, 174, 177, 185, 227; de milho, 223, 227; de rosca, 50; de tapioca, 229, 235; de trigo, 69, 94, 97, 235, 240-1, 247, 249, 288
farofa, 168, 174; de dendê, 73, 88, 146; de manteiga, 121-2, 184; de ovos, 172
fatia de parida, 257, 281, 293; com leite de coco, 188, 257, 292
fato, 128
feijão, 26, 30, 117, 120, 212; branco, 38, 40; fradinho, 33, 40-1, 43, 84-5; mulatinho, 120
feijoada, 26, 110-1, 117, 120, 123
filé com fritas, 57
filé-mignon, 171
fios-de-ovos, 166
folha de bananeira, 43, 87, 229, 231
folha de mandioca, 127
frango, 73, 133, 136, 144-5; assado, 156
frigideira, 30, 34, 49, 52, 59, 73, 88, 93; de aratu, 262; de bacalhau, 94; de camarão, 95, 97, 150; de maturi, 31, 209; de siri--mole, 95

fritada, 49
frito de capote, 130, 140-1
fruta cozida, 233
fruta-pão, 132, 221-2, 233, 269, 276-7; cozida, 221, 277
fubá de milho, 240-1

G galinha, 32; canja, 133; de cabidela ver galinha de molho pardo; de molho pardo, 117, 138-9; de parida, 136, 161
galinha d'angola, 130-1, 140-1
galinha de xinxim ver xinxim de galinha
gato, 27; bolinho de, 49
gemada, 200
gengibre, 78, 84, 91
gim, 90
goiaba, 188
grão-de-bico, 40
grogue, 29
groselha, 188, 210, 218

H hortelã, 125

I inhame, 30, 46, 132, 222, 246; cozido, 221; ver também ojojó de inhame

J jaca, 29, 32-3, 185, 188, 210, 213, 218, 233; ver também doce de jaca
jenipapada, 188, 217, 292
jenipapo, 217, 219; licor de, 27, 32, 205, 258; ver também doce de jenipapo; jenipapada
jiló, 112, 152

L lagarto, 174; atravessado, 127
lagosta, 150
lambreta, 52, 149
laranja, 29, 121; -da-terra, 188, 214; ver também doce de laranja-da-terra
leitão, 31
leite, 192, 226, 283, 292; em pó, 192, 194
leite de coco, 58, 78, 94, 98, 105-6, 145, 158, 198, 223, 227, 229, 245, 264; grosso, 83, 108, 146, 226, 231, 239, 244-5, 247, 253, 255, 263, 265, 290, 293; ralo, 83, 239, 253, 255, 263, 293
língua defumada, 114, 120
língua-de-vaca, 83
linguiça, 30, 114-7, 120, 172; seca, 127

lombo, 117, 174; cheio, 172, 174; salgado, 120

M mal-assada, 33, 170-1
mamão, 215
manga, 188
mangaba, 185, 188-9
maniçoba, 126
manjericão, 65
manuê, 27, 188, 233, 242, 244, 257-8, 280
maturi, 94; ver também frigideira de maturi
maxixe, 112, 152
mel, 33
melado de cana, 269-70
milharina ver fubá de milho
milho, 32, 188, 223, 253-4, 258, 261, 264-5, 278; bagaço de, 256; branco, 86, 264; cozido, 38, 234, 261, 278; debulhado, 87; verde, 244, 253-5, 257, 261; ver também doce de milho
mineiro com botas, 281
mingau, 26-7, 39, 44, 189, 221-2, 226, 233, 251, 253, 257, 260, 263-4; de milho, 252-3, 264; de puba, 252, 262; de tapioca, 252, 262-3
miolo ensopado, 170
miúdos: de peru, 142; de porco, 124
mocotó, 111, 128
molho: de camarão seco, 41, 43; de leite de coco, 106; de pimenta, 41, 44, 73, 89-90, 123, 162; lambão, 53, 154-5
moqueca, 52, 73, 89, 99, 101, 156, 206, 233; de aratu, 44; de arraia, 28, 101, 294; de camarão, 33, 101, 104-5, 144; de peixe, 73, 101, 106, 144, 177; de siri-mole, 75, 101, 144; de sururu, 101
munguzá, 27, 38, 44, 251, 264-5, 267

N ninho de passarinho, 26

O ojojó de inhame, 86
olhos de sogra, 166
ostra, 149
ova de peixe, 93
ovo, 47, 50, 93-4, 96-8, 152-3, 161, 172, 193, 227, 235, 249, 283, 288, 293; frito, 221, 223, 226, 269; na manteiga, 226

P paca, 32, 224

pain perdu, 292
paio, 114-5, 117, 120, 174
palmito, 223
pamonha, 27, 38, 188, 254, 257-8, 260-1, 264, 280
pão, 221, 228, 270; com manteiga, 221; duro, 27
pão-de-ló, 233, 248-9
papagaio, 27
passa: de caju, 189, 210, 218-9; de jenipapo, 189, 210, 218-9
pasta-sciuta-ai-funghi-secchi, 294
pastel, 166
pata de caranguejo, 150
pato, 32
pé de moleque, 38
pé-de-porco, 117
peito, 127
peixada, 26-8, 109
peixe, 28, 31, 76, 100, 106, 148-9; ao leite de coco, 156; com molho de camarão, 57; cozido, 152; frito, 73, 144, 182; no dendê, 140, 159-60; ver também moqueca de peixe; cabeça de peixe
pernil de porco, 73, 117, 144, 168-9
peru, 31, 34, 92, 142, 144, 165; assado, 73
picadinho, 49
picota ver galinha d'angola
pimenta, 41, 89, 91, 111, 121, 124, 155; cominho, 125; de-cheiro, 33, 76, 90, 108, 127, 139; do-reino, 125, 129, 139, 162, 168; malagueta, 45, 89-90, 100, 123, 141, 180
pintada ver galinha d'angola
pipoca, 39
pirão, 27, 136, 148, 152-4; de lama, 154; de leite, 31, 209
pirarucu cozido, 148
pitanga, 188
pitu, 31, 60, 62, 149, 161-2, 192; com ovos escalfados, 161
polvo, 109
porco, 49, 164, 216; ver também pernil de porco
presunto, 166
puba, 223, 230, 245
punheta ver bolinho de estudante

Q queijo, 227, 234, 269; de coalho, 221; parmesão, 45, 228, 245
quiabo, 33, 72, 80, 112, 152
quibe, 33, 63, 65-6, 68
quindim, 166, 204
quitandê, 84

R rabada, 117, 170
rabanada ver fatia-de-parida
rapadura, 185
repolho, 93
requeijão, 188, 257; frito, 221
robalo, 106, 152, 158
rosbife, 170

S sangue, 131, 139
sarapatel, 27, 30, 110-1, 124
sardinha, 109, 223
sêmola, 223
sequilhos, 221, 288
siri, 149; catado, 93; ver também moqueca de siri-mole; frigideira de siri-mole
sopa, 221
sorvete, 60
suflê de camarão, 35

T taioba, 83
tangerina, 46
tapioca, 221, 223, 286; de caroço, 231, 263
teiú, 31-2; moqueado, 140
tofraco ver galinha d'angola
toucinho, 114, 117; defumado, 125
trigo, 65-6

U umbu, 185, 233
umbuzada, 188, 292
unha de boi, 128
uva passa, 142

V vatapá, 28, 41-3, 52, 73, 75-6, 78, 81, 144, 233; de galinha, 76; de peixe, 76
vinho do Porto, 47

X xerém, 27, 188, 221, 253, 255-7, 292
xinxim: de bode, 178; de carneiro, 178; de galinha, 52, 73, 144, 145

Índice de livros e personagens

A ABC de Castro Alves, 244, 254, 264
Adalgisa, 33, 132, 150, 170, 206, 221, 270
Adma, 33
Adriana, 267
Almério, 30
Amélia, 210
Aminthas, 138, 213
Anacreon, 81
Andreza, 81, 124
Antônio Balduíno, 178, 251
Antônio de Ogum, 250
Arigof, 81
Arminda, 42
Arno Melo, 36, 159
Aruza, 67
Ascânio, 132
Augusta, 210

B Balbina, 29
Bernarda, 212
Bonfanti, 30, 294

C Cabaça, 26
cabo Martim, 29, 117
Cacau, 26, 38, 86, 117, 124, 242, 254, 260, 264, 270, 279, 282
Caetano Gunzá, 100, 117
Capitães da Areia, 26, 110, 117, 124, 253-4, 260, 264
Capitão-de-Longo-Curso, O, 29, 55, 58, 230, 240, 244
capitão João Magalhães, 27
capitão Justiniano, 30, 188
capitão Natário, 130, 140
Carla, 117
Carmosina, 138, 213
Chico Meia-Sola, 30
Chico Tristeza, 199
Coleta, 124
comandante Dário, 101
Coroca, 130, 212, 295
coronel Agnaldo Sampaio Pereira, 32
coronel Boaventura Andrade, 140
coronel Maneca Dantas, 27, 124
coronel Ribeirinho, 251
Cotinha, 32, 212
Curió, 28, 29, 33, 103, 117

D Dalila, 212
Damiana, 280
Daniel, 188
Danilo, 33, 89, 150, 170, 206, 221, 270
Descoberta da América pelos Turcos, A, 33, 63, 71
Don'Aninha, 117
dona Agnela, 117
dona Aída, 209, 291
dona Amorzinho, 161
dona Auricídia, 176
dona Carmosina, 31, 213
dona Conceição, 48, 166
dona Ernestina, 200
dona Eufrosina, 161
dona Fernanda, 77
dona Flor, 22, 101, 114, 117, 138, 196, 227, 245, 281
Dona Flor e Seus Dois Maridos, 16, 29, 35, 40, 42, 47, 72-3, 76, 79, 81-2, 86, 89, 92, 104, 108, 114, 117, 121, 124, 132, 138, 143-5, 159, 168, 178, 192, 196, 204, 226-8, 239, 244-5, 248, 254, 258, 260, 264, 282, 295
dona Júlia, 38, 242
dona Laura, 101
dona Milu, 31, 132, 209, 213
dona Nancy, 35
dona Norma, 34-5, 258
dona Zélia, 245
Doroteia, 38
Doutor, 82, 251
doutor Emiliano, 222
doutor Fulgêncio, 161
doutor Hélio Colombo, 192
doutor Jessé, 132
doutor Teodoro Madureira, 86, 227, 295

E Elieser, 154
Elisa, 205
Epifânia, 32
Ester, 144
Eulina, 62, 101, 135

F Fadul, 32, 33, 117, 185, 186
Farda, Fardão, Camisola de Dormir, 32, 48, 76, 79, 82, 143, 166, 168, 204, 240
Fárida, 33
Ferreirinha, 176

Filomena, 99
Flávio Rodrigues de Souza, 124
Francisco, 26, 199
Fúlvio D'Alambert, 31

G Gabriela, 28, 33, 42, 63, 91, 101, 138, 226
Gabriela, Cravo e Canela, 11, 28, 40, 42, 47, 49, 63, 67, 76, 79, 82, 91, 95, 99, 108, 117, 124, 138, 185, 208, 226, 228, 234, 239, 240, 270, 273, 278
Gastão Simas, 190
Gato, 110
general Waldomiro Moreira, 240
Giovanni, 81
Gordo, 178
Guga, 30
Guma, 26, 117, 199

H Hermes Resende, 156

I Ibrahim Jafet, 33
irmãs Moraes, 188, 257, 260, 292
Isidro do Batualê, 250

J Jacira do Odô Oiá, 33, 73
Jacira Fruta-Pão, 252
Jamil Bichara, 33
Januário Gereba, 31, 101, 117
Jerônimo, 270
Joana, 216
João Fulgêncio, 95, 251
João Grande, 117
Joaquim, 256
Jubiabá, 26, 39, 42, 46, 117, 124, 178, 210, 226, 228, 251, 254, 264, 282
Julieta, 256

L Lenoca, 57
Leonardo, 28
Leonora Cantarelli, 205, 209, 217, 291
Libório das Neves, 267
Lívia, 26, 117, 226
Ludmila, 222
Luísa, 251
Luiz Batista, 75
Lulu Santos, 100, 117
Lupiscínio, 130

M Magnólia, 38, 242
major Pergentino Pimentel, 73
Maneia, 286
Mar Morto, 26, 117, 159, 199, 226, 254, 264
Maria, 282
Maria Clara, 26, 101, 109, 295
Maria de Oxum, 250
Maria de São Jorge, 99
Maria Machadão, 101
Marialva, 29, 103, 117, 150, 206, 240, 248
Mariana, 28, 74
Marocas, 28
Massu, 240
Meia Porção, 81
mestre Manuel, 26, 28, 101, 109, 295
Mirandão, 72-3, 117, 124, 144
Morte e a Morte de Quincas Berro d'Água, A, 40, 42, 89, 108, 177

N Nacib, 11, 28, 33, 63, 67, 99, 101, 138, 226, 251
Navegação de Cabotagem, 122
Nilo, 42

O Orestes Ristori, 28
Osnar, 209

P padre Abelardo Galvão, 33, 191
padre Gomes, 250
País do Carnaval, O, 26, 39, 42, 177
Pastinha, 29, 42, 117
Pastores da Noite, Os, 29, 33, 40, 42, 79, 103, 109, 117, 124, 138, 145, 168, 240, 250, 262
Patrícia, 33, 191
Pé-de-Vento, 101, 103, 109, 117
Pedro Archanjo, 30, 31, 77, 79, 101, 159, 202, 246, 295
Pedro Bala, 26, 295
Piririca, 154
professor Josué, 28, 49, 251

Q Querido de Deus, 117
Quincas, 28, 101, 295
Quitéria, 29

R Raduan Murad, 33
Raimundo Alicate, 164

Ressu, 23, 32, 79, 224
Ricardo, 291
Ripoleto, 126
Rodrigo, 240
Rozilda, 121

S Samira, 33, 71
São Jorge dos Ilhéus, 27, 106, 114, 256, 270, 273
Seara Vermelha, 27, 108, 148, 185, 216, 270
Seixas, 209
Sérgio Moura, 256
seu Bernabó, 35
seu Mané Lima, 77
seu Renato do museu, 245
seu Zé Sampaio, 34, 35, 101
Shopel, 27, 156
sia Leocádia, 112
sia Vanjé, 130
Subterrâneos da Liberdade, Os, 27, 74, 76, 156
Sumiço da Santa, O, 26, 32, 40, 42, 47, 52, 57, 73, 76, 79, 82, 84-6, 89, 97, 104, 108, 126, 132, 145, 150, 159, 170, 178, 182, 184, 191-2, 206, 208, 221, 226, 229-30, 239-40, 244, 248, 260, 270, 276, 278, 280, 282, 286
Suor, 26, 40, 44, 89, 117, 226, 264

T Tenda dos Milagres, 30, 31, 36, 38, 40, 42, 75, 77, 82, 86, 89, 108, 117, 124, 144, 159, 190, 202, 228, 230, 246, 294
Terência, 246
Teresa, 216
Tereza Batista, 30, 101, 117
Tereza Batista Cansada de Guerra, 31, 40, 42, 62, 76, 79, 82, 84, 89, 100, 108, 117, 124, 135, 145, 164, 170, 188, 206, 208, 211-2, 214, 222, 226, 228-9, 244, 252, 254, 257, 260, 262, 264, 267, 274, 278, 292
Terras do Sem-Fim, 27, 124, 132, 176
Tião Motorista, 117
Tibéria, 109, 117
Tição Abduim, 32, 79
Tieta, 31, 101, 132, 138, 205, 216-7, 291
Tieta do Agreste, 31, 47, 60, 89, 108, 132, 138, 154, 161, 192, 205, 209, 210, 212-3, 216, 218, 226, 228-9, 239-40, 270, 274-6, 291
Tocaia Grande, 20, 32-3, 63, 67, 79, 89, 108, 112, 117, 124, 130, 132, 138, 140, 185, 187, 192, 200, 208, 211-4, 218, 222, 224, 226, 238, 244, 254, 260, 270, 274, 276, 278

V Vadinho, 101, 117, 124, 196, 295
Vanda, 28
Vanjé, 238
Vasco Moscoso de Aragão, 29
Vitorina, 42
Volta Seca, 264

W Wilson Guimarães Vieira, 170

Z Zilda, 130, 140, 218
Zuleica, 212

Equipe cozinha
Direção: Rita Lobo
Coordenação: Monica Vidigal e Priscila Mendes
Fotógrafos: Livia Miglioli e Gilberto de Oliveira
Styling: Rita Lobo
Culinarista: Carolina Stevaux e Nina Leite Sá
Assistente: Mariana Couto

Além do acervo da Editora Panelinha, para produção de fotos deste livro foram usados itens das seguintes lojas e marcas: Camicado, Depósito Kariri, Emporium Presentes, Ewel Esmaltados, Oxford Porcelanas, Roberto Simões, Rosa dos Ventos Porcelanas, Spicy, Susie Rubin e Utilplast. Agradecemos também ao Alceu Nunes, à Milene Chaves e à Fatima Pontes pelas rendas e pratas que emprestaram para as pesquisas e fotos deste livro.

Esta obra foi composta em Leitura por Joana Figueiredo e impressa pela Geográfica sobre papel Alta Alvura da Suzano Papel e Celulose para a Editora Schwarcz em outubro de 2014

A marca FSC é a garantia de que a madeira utilizada na fabricação do papel deste livro provém de florestas que foram gerenciadas de maneira ambientalmente correta, socialmente justa e economicamente viável, além de outras fontes de origem controlada.